英国貴族は船上で愛に跪く
「……っ！」
深く奪うキス。いきなり侵入してきた舌が、口の中でうねる。

英国《えいこく》貴族《きぞく》は船上《せんじょう》で愛《あい》に跪《ひざまず》く

高原《たかはら》いちか
ILLUSTRATION：高峰《たかみね》 顕《あきら》

英国貴族は船上で愛に跪く

LYNX ROMANCE

CONTENTS

英国貴族は
船上で愛に跪く

きぃ、きぃ……とくたびれた音を立てて、天井扇《シーリング・ファン》が回る。

「あっ……あ、ふ……っ」

その下で、淫《みだ》らに蒸《む》れた空気を醸《かも》す男の体がふたつ。

「ああ、ミスター……」

しどけなく肩に絡まるシャツ一枚の姿で、すんなりとしなやかな足を開きながら、安っぽいモーテルのベッドで、男の情熱的な動きを受け止めているのは、象牙色《ぞうげいろ》の肌をした東洋人の青年だ。

「トール、トール……！」

切羽詰《せっぱつ》まった声で青年の名を連呼しつつ、白人の男が無我夢中で腰を使う。肌のぶつかる音に混じる、ねばついた水音。興奮しきった息遣《づか》い。

「ああ……最高だ……男同士なんてクレイジーだと思っていたのに、わたしはもう、すっかり君に夢中だよトール……！」

男の突き上げを受けて、痩身《そうしん》の青年が身を反らせる。男のがむしゃらな激しさとは対照的な、しなやかで控え目な媚態《びたい》だ。

「あ……あ……ミスター、ミスタ……も……そんなにしたら……こわれる……っ……」

その恥じらう姿に、男はさらに昂《たかぶ》る。

「トール、君は極上だ……！　この慎《つつ》ましやかな乱れ方、まるで貴婦人を抱いているかのようだ……！」

掠《かす》れる語尾を残して、男は象牙色の肌の上で感極まった。

どさり、と崩れ落ちてくる巨体を、青年は息を詰めて受け止める。

ハァ、ハァ……と、ふたりの吐息《といき》が重なる。

「トール……」

明らかに続きをねだっている男の唇に、松雪融《まつゆきとおる》は前髪をかき上げつつ、気だるく応じた。

漆黒《しっこく》の髪、漆黒の瞳。すっきりと鼻筋の通った顔立ちは、婀娜《あだ》な姿を晒《さら》しながらも、どこか貴公子のような品位ある顔立ちだ。もっとも、この国――ことにこのN.Y.《ニューヨーク》では、東洋系の美貌《びぼう》は、綺麗だが表情の乏しい、感情のないお人形――と見なされることが多いのだが。

「ミスター・マクミラン」

男の顔に、融は心配げな目を向ける。

「飛行機の時間を、過ぎてしまったのでは……？」

「なぁに、このモーテルに入った時に、ロビーでキャンセルの電話を入れておいた。心配はいらないよ」

「えっ」

融は顔色を変えて、男を凝視《ぎょうし》した。

「――そんな……わたしのために？」

「君を抱くためなら、何を犠牲《ぎせい》にしても惜しくはないさ、トール」

髭面《ひげづら》を寄せられ、軽くキスされる。

「君ときたら、初対面でベッドに誘ってきたくせに、その後はずっとつれないそぶりなんだものな……君が恋しくて、わたしがどんなに眠れぬ夜を過ごしたか、君から連絡が来て、どんなに歓喜したか……想像がつくかい？」

「ミスター……」

「悪い子だ、トール……わたしを散々に焦《じ》らせた挙げ句《あく》、出国直前になって引き留めるなんて」

繰り返されるキスに、融は困惑顔で応《こた》える。

「すみません、ミスター……そんなつもりではなかったんです。あの夜の後、あなたが奥様とお嬢様を亡くされたばかりだと、人づてに聞いたもので、こういうことは遠慮したほうがいいかと……」

「トール？」

「でも……あなたが今夜、出国なさると聞いて、どうしても最後にお逢いしたくて、ついわがままを――」

するると男は息を呑《の》み、感激の態《てい》で両手を広げた。

「おお、トール……君はなんて……！」

がばっ、と抱きしめる。

「ああ愛しい子だトール……！　そんなにもわたしの傷心を思い遣《や》ってくれて、なのに、どうしても逢いたくて我慢できなかったなんて――！」

「ミ、ミスター……！」

「君のように健気《けなげ》でやさしくて純情な子を、わたしは知らない。ああトール、君をアルゼンチンへ連れて行きたい――！　このままわたしと、一緒に来てくれ……！」

「アルゼンチン……？」

「そうだ。パタゴニアだ。地の果てのようなところだが、なぁに、不自由はさせない。今時は地球上のどこにいたって、このN.Y.並みに何でも手に入る――！　資金を投じて株でも運用すれば、パソコンひとつでいくらでも稼げる――！」

融は勢い込む男の顔を見上げて、案じ顔で眉を寄せる。

「ですが……僻地《へきち》での生活は、却《かえ》ってインフラの整った大都会よりもコストがかさむのでしょう？　負債を抱えて会社を畳まれたあなたに、そんな経済的な負担をかけるわけには……」

男はにんまりと笑《え》んだ。

「ふふ、やっぱり日本人は慎重だね。大丈夫さトール！　負債なら、もうきれいに清算できる目途《めど》が立っているんだ！」

えっ、と融は目を瞠《みは》り、次に、ため息をついて首を横に振る。

「ミスター、そんな嘘をおっしゃらないで下さい。あなたはわたしへの情に溺《おぼ》れて、無理をなさろうとしているんだ」

「いやいや、トール。これは嘘でもなければ無理でもないよ。昔日《せきじつ》の勢いはないとはいえ、まだまだドルの威力は健在だ。たとえ借金を清算しても、生活費の安い新興国なら、ふたりでそこそこ贅沢《ぜいたく》できる程度の額はあるさ」

「ミスター……」

「愛してるよ、トール」

「――やめて下さい」

引き寄せてキスしようとする男の手を、融はするりとかわし、ベッドを降りる。

そして「トール……」と情けない顔で手を伸ばす男の前に、裸体ですくりと立つ。

その象牙色の痩身に、男は眩《まぶ》しげに目を細めた。若く、たるみのない、しなやかに肉の張った裸身は、股間を目にしない限り、性別すら不明の神秘的な美しさだ。

「ミスター、あなたが破産寸前の身であることは、初めてお会いした時から知っていました。でもそんなことは構わないから、わたしはあなたとお近づきになりたかった。それなのにあなたは――お金のことで嘘をついてわたしを連れ去ろうとなさるなんて」

「ト、トール！　そんなことは……！」

「残念です――本当のことを言っていただければ、わたしだってあなたの気持ちに応えることができたのに……」

黒い瞳が、うるっ、と濡れて輝く。その涙を隠そうとする仕草《しぐさ》に男は狼狽《うろた》え、「Oh……Oh……」と首を振りつつ、青年を両腕に抱きしめた。

「ああ、トール……！　君はなんて純粋な心を持った子だ。まるで聖母マリア様のようだよ。お金よりも愛が大切だなんて……！」

「ミスター……」

「愛してるよトール。心から君を愛している。真実を告白しなくては君の心が得られないというのなら、わたしは君にすべての良心を投げ出そう！」

「良心を……？」

「そうだともトール。実はね……実は、死んだ女房《にょうぼう》と娘にかかっていた保険金の額は……」

男の唇の動きを注視《ちゅうし》し、融は、「ええっ」と驚きを露《あら》わにした。

「う、嘘だ。そんな巨額のお金なんて」

「嘘ではないよトール。本当のことだ」

「だって……亡き奥様とお嬢様は、一介《いっかい》の主婦と、まだ中学生の未成年でいらしたのでしょう？　どうしてそんな大きな額の死亡時受取金の契約を……」

呟《つぶや》くように言って、融は「まさか」と顔色を変えた。

「そのまさかさ」

男は得意満面の表情で頷《うなず》いた。蒼白な顔色で、融はガタガタと震え始める。

「ミスター……嘘、嘘でしょう?」

「おおトール……わたしは君に嘘は言わないよ。信じてくれ。愛している。君を心から愛している! 金のことは誓って本当だ。わたしは今も資産家なんだ。今後も、君のためならば、どんなに汚いことでもやってみせる。絶対に、君に惨《みじ》めな思いはさせない!」

「嘘だ! あなたが、あなたが奥様とお嬢様を死なせてお金を得たなんて! そんなことは信じない! どうか嘘だと言って下さい! 自分は本当は、借金まみれの貧乏人なんだと! 妻子を殺してなんかいないと!」

「嘘じゃない! 本当のことだ! 信じてくれ! 君のためなら、わたしは何度だって保険金詐欺《さぎ》をやってみせる! なぁに、女房と娘のことで、コツは摑んでる。何人の人間を殺《あや》めてでも、君に贅沢な暮らしをさせてやる! 君には、その価値がある!」

男が叫んだ瞬間。

バンッ……! と音がして、寝室に繫《つな》がるすべてのドアと窓が開いた。いっせいになだれ込む男たちは皆、警官の制服をまとい、先頭の男は、拳銃と同時に身分証明書を突きつける。

「動くな、FBIだ。アーロン・マクミラン。妻メリッサ・マクミランおよび娘ヘザー・マクミラン殺害容疑で逮捕する」

茫然《ぼうぜん》とする裸体の男に、逮捕状が提示され、いわゆるミランダ警告が読み上げられる。

「君には黙秘権《もくひけん》が認められる。その供述《きょうじゅつ》は、法廷で不利な証拠として用いられる可能性がある。また弁護士の立ち会いを求める権利がある。もし自分で弁護士に依頼する経済力がなければ、公選弁護人をつけてもらう権利がある」

男がベッドを包囲する男たちをぐるりと見回して叫んだ。

「……ま、待ってくれ！　どういうことだ！　何の証拠があって！」

「君は先ほど、妻子殺しを認める供述をした」

そう言ってＦＢＩの男が突きつけたレコーダーが、融の声で、「あなたが奥様とお嬢様を死なせて……」という下りを再生する。

「ミスター・マツユキの協力によって、録音させてもらった。当事者の一方の同意を得た録音は合法のものだし、薬物や暴力による強要でない自白は、充分な証拠になる。もう言い逃れはできんぞマクミラン！」

男は見開かれた目を血走らせ、裸身にシャツをまとった姿の融を見た。

融は――先ほどまで恋慕《れんぼ》の情に苦しむ様子を見せていた純真な青年は、一転、ふてぶてしい表情で、唇にくわえた煙草《たばこ》に火をつけていた。

「ト……トールっ！」

「残念でしたね、ミスター。もう少しで、大金抱えて安全な新天地へ高飛びできたものを」

紫煙《しえん》をくゆらせながら、にやり、と笑う。

「行きがけの駄賃《だちん》に、従順でセックスもうまい愛人も手に入れようなんて、欲をかくからこうなるんですよ」

「お前……ッ！　いったい……！」

「言っておきますがミスター。わたしは警察関係者じゃあない。善良な一市民が、悪質な犯罪者の摘《てき》発《はっ》と逮捕に、ほんのちょっぴり協力させていただいたまでです。従ってこれは、違法捜査ではない」

「――いつもながら協力には感謝している。ミスター・マツユキ」

ＦＢＩが、いかにも不承不承《ふしょうぶしょう》といった態で、横目に融を見ながら告げる。

「だが、逮捕現場であんたの素っ裸を拝むのは、これで何回目だろうな」

捜査官の皮肉に、融は無言と自嘲《じちょう》の笑みで応じた。その間に、ベッド上から引き起こされた男が、全裸のまま後ろ手に手錠をかけられる。凄《すさ》まじい、動物じみたうなり声を上げながら。

「畜生！　この性悪《しょうわる》が！　地獄に堕《お》ちろ！」

唾《つば》を飛ばしての悪罵《あくば》にも、融は氷のように冷静だ。

「その言葉は、そっくりそのままあんたに返すよミスター・マクミラン。この卑劣《ひれつ》な人殺しめ。せいぜい牢獄《ろうごく》で、手にかけた女房と娘の亡霊に苦しめられるがいい」

無表情での、強烈な嘲笑《ちょうしょう》。男は歯を噛み鳴らしながら、下肢《かし》の衣服を着せられ、肩にシャツとコートをぞんざいに羽織《はお》らされた姿で引き立てられていった。

その様を、捜査官と融は並んで見送る。

ふう、とため息をついたのは捜査官だ。

「……いくら仕事を選べないフリーランスだからって、いちいち調査対象と寝る必要があるのか？」

いまだにシャツ一枚の融を直視したくないのだろう。ちらちらと視線を横目で寄越す。

「物的証拠を摑ませない、巧妙な犯罪者を自白させるには、コレが一番手っ取り早いんだよ。人間、肌を合わせた相手にはどうしてもガードが低くなるし、そこそこ年を食っても、東洋系はこっちの道の需要が高いしね」

それを聞いて、捜査官は奥歯を嚙みしめるような表情をする。

「……だがあんたの実力なら、どんな大手の保険会社でも、専属の調査員《オプ》として雇ってもらえるはずだ。なぜ『仕事のためならどんなことでもする枕探偵』なんて汚名に甘んじてまで、フリーランスを貫こうとする？」

「あんたに教える義務はないだろ？」

融はにべもない。煙草の先の火を消して、髪の毛をかき上げる。

「ＦＢＩは犯罪者の国外逃亡を阻止《そし》できてめでたしめでたし。保険会社は巨額の保険金を支払わずに済んで、これまためでたしめでたしだ。どこからも苦情を言われる筋合いはない。違うか？」

「……」

反論したいのに、反論できない。捜査官はそんな顔をしている。

融は露悪的《ろあくてき》に、口角を吊り上げて笑った。

「よくやってくれた。ミスター・マツユキ」

重々しい口調で賞賛しながら、見事な禿頭《とくとう》が印象的な取締役は融を見据える。

壁全面がガラス張りになった、高層階の重役オフィス。脇の机には、絵に描いたような美人秘書がパソコン画面を覗《のぞ》き込み、かたかたとタイプ音を立てている。

無機質で、冷たい、ビジネス一辺倒の空間。その只中に、融は一部の隙もないスーツ姿で立っている。その風貌《ふうぼう》からは、昨夜の淫らで艶《なま》めかしい情事の面影は、欠片《かけら》も感じられない。

仕事の――ビジネスのことしか頭にない、冷徹な男の顔がそこにあった。

「……マクミランは以前から札付きの詐欺師でね」

保険会社の重役は、見事な髭を蓄《たくわ》えた顎《あご》先を振り振り、ため息をつく。

「抜け目のなさひとつで少額の保険金を何度も略取して、それを元手に起業したまではまあ、こちらも歯噛みしながらも目をつぶっていたんだが――よもやクルーザーを自沈させて、妻子を溺死させるような非道に手を染めるとは……」

溺死は事故死の中でも、もっとも苦痛を味わうと言われる。まして沈みゆく船体に閉じ込められたまま死に至るのは、どれほどの恐怖だったことか。

苦悩の陰深い取締役の顔を前に、融はコートを持った手を前で組み替えた。

「犯罪者にも格と器《うつわ》というものがあるのですよ、ミスター・マーレイ。あの男には本来、人の命を奪って金に換えるほどの知能も度胸もなかった。小金稼ぎのせこい保険金詐欺師に納まっていれば、あるいはこれからもうまく世間を渡っていけたのかもしれませんが――今までの彼奴《きゃつ》の犯罪への追及の甘さが、あの男に妙な自信をつけさせ、とんでもない怪物を生んでしまったのかもしれません」

マーレイの苦渋に満ちた顔に向けて、融は突き放すように告げた。

「つまり、奴が小者《こもの》のうちに徹底して追及しなかった我々にも、一定の責任があるということです」

辛辣《しんらつ》な非難に、保険会社の重役は「うむ」と重い声を絞り出す。

巨額の金が動く船舶保険は、ありとあらゆる人間の欲望を引き寄せる。いつの世も、そこに陰惨な犯罪の影が絶えることはない。だからこそ自分のような——保険調査員《オペラティヴ》、通称「オプ」の稼業が成り立つのだ、と融は皮肉な気分で考える。

だがそれを心得ていることと、それに慣れることはまったく別なのだ。マーレイは船舶保険の分野ではよく知られたエリートだが、決して利益追求一辺倒の男ではなく、時として金銭が人間を悪魔に変えてしまうことを、常に忘れまいとする誠実さと人情味も持ち合わせている。

一度もそうと口に出したことはないが、お世辞にも愛想がいいとは言えないこの上得意の男を、融は嫌いではなかった。

かたかたかたかた、と秘書のタイプ音が響く。

「——それでミスター・マーレイ。本日お呼びいただいたご用件は」

「うん、ああ、そうだ。大事件が落着したばかりで慌《あわ》ただしいことだがね、早急に着手してもらいたい事案があるんだ」

そう言って、マーレイは自分のデスクの引き出しを探る。

そして取り出したのは、報告書でもデータメディアでもなく、クラシカルな封蠟《ふうろう》がほどこされた一通の手紙だった。

「差出人の名はなかったが、これは君が長年待ち焦《こ》がれていた仕事——かもしれん」

その言葉に、融の目が無言で見開かれた。改めて、真紅の封蠟を凝視《ぎょうし》する。

印章こそ押されていないが、電子メールが普及した今、わざわざこんなものを使うのは、代々続く欧州の貴族くらいのものだろう。封筒に使われている紙の質も極上。それだけで送り主の地位の高さが想像できる。

「――中を見ても？」

「勿論《もちろん》」

マーレイの同意を得て、封筒から取り出したのは、シンプルな白色の二つ折りカードだ。

そろりと、開く。

瞬間、融の脳裏には、突然目の前の世界が開けるように、ある光景が広がった。

かもめの鳴く声。潮風の香り。港の喧騒《けんそう》。

鳴り響く、重々しい汽笛――。

――本年四月、処女航海に出航予定の国際旅客船「A・ディアーナ」号につき、重大な犯罪が企《たくら》まれている。注意されたし――。

英文の文字は、ごく簡便なフォントで印刷されていた。融が額の上にそれをかざして見たのは、文字以外の痕跡《こんせき》を探し求めたからだ。だが英文文字の右下にかすかに――ペン先でかすめた程度に残る凹《へこ》みを除いて、差出人の手が残したものは発見できなかった。

「アトランティック・ディアーナ号は、まさにこの四月十日にデビューする英国船籍のクルーズ客船だ。欧州各地を巡った後、大西洋を横断してN.Y.に立ち寄り、そこでアメリカの客を拾ってカリブへ向かう予定になっている。船主はアトランティック・グリーン社。その大株主は――英国貴族ローズカッスル家」

「……！」

どくん！　と心臓が跳ねる。

「もし、かの名門船主一族が関係する仕事があれば、自分に回して欲しい――」

マーレイは重厚なデスクの前から立ち上がりながら、かつての融の言葉を復唱した。

「君はかねがね、保険調査員として、どんなに危険で難しい仕事でも引き受け、必ず解決するという条件で、そう希望していただろう？」

「……」

あまりにも突然、念願叶って言葉もない、という顔で立ち尽くしている融を、マーレイはどこか痛ましげな顔で見つめてくる。

「リスクも高い上に、身分保障の不安定なフリーランスに徹していたのも、なるべく多くの会社に網を張って、わずかなチャンスも逃すまいとしていたからだ……違うかい？」

否定も肯定もせず黙り込む融に、「トール」とマーレイは深い声で呼びかけてきた。

「君が何を望んでいるのかは知らないし、あえて尋ねる理由もないが――」

わたしは君の願いが、この仕事で叶うことを、切《せつ》に祈っているよ――。

怜悧《れいり》なビジネスマンが、司祭のように荘厳《そうごん》な声で告げるのを、融はどこか遠くに聞いている。

（エイドリアン――）

どくん、どくんと心臓が深く脈打つ。

ついに来た。とうとう、この日がやって来たのだ。彼と、あの貴公子と再び相対《あいたい》する日が――。

（君に会える……エイドリアン……！　アップルトン子爵エイドリアン・ローズカッスル……！）

その心はすでに、遠いヨーロッパの港町へと飛翔《ひしょう》している。

アトランティック・ディアーナ号二番目の寄港地。春なお遠いフランス、ル・アーヴル港――。

かもめがくすんだ春の空に群れている。

その光景を、エイドリアンはアトランティック・ディアーナ号のプロムナード・デッキの手すりに頬杖を突き、不機嫌な顔で眺めていた。

「アトランティック・グリーン社の持ち船は、常にA《アトランティック》に古代神の名がつくんですのね」

埠頭《ふとう》からタラップを使って乗船してきた身なりのよい老婦人が、エスコートの紳士に語りかける。

「ええ、左様《さよう》ですとも奥様」

エスコートというよりはホストのような物腰の紳士が、猫なで声で応えた。どこからそんな印象が来るのか、と考えて、エイドリアンは明らかにジムでトレーナーが指図するままに作ったらしい、黄金比率の体型に思い当たる。

(確かA・グリーン社の幹部だな。一度おじい様を訪ねて来たことがある。名前は確か、ええと……)

「大西洋の月の女神《アトランティック・ディアーナ》——白亜《はくあ》にグリーンのラインが映《は》えるこの船には、まことに似合いの名と自負しております。また」

グリーン社幹部はちらっとエイドリアンを見る。一瞬バレたかとひやりとしたが、幹部は速やかに無視してのける。エイドリアンがわからなかったのではなく、彼が醸し出す「話しかけるな」という空気を読んだのだろう。

「ディアーナは処女神でもあり、古船の改装ではなく、まったく新しく一から建造された船、という意味でも、この名づけは正鵠《せいこく》を射ているかと——」

「そうね、素敵だわ――客船クルーズって、長い間航空便に押されて人気が衰退していたけれど、やっぱりこの時期の鬱陶《うっとう》しい欧州を離れて、じっくりゆっくり常夏《とこなつ》の南国へ向かうのって、他に代えがたい魅力よね」

年寄りの体には、飛行機で何時間も狭い座席に拘束《こうそく》されるのはつらいもの、と語る老婦人に、幹部はなめらかに頷いて応じる。

「折しも今年は、当社の創立百周年。クルーズ中には乗客の皆さまに百年前の装束《しょうぞく》で装っていただくパーティなども企画しておりますので、ご存分にN.Y.、そしてカリブまでの航路をお楽しみ下さいませ」

八層に及ぶデッキをその体内に持つ女神は、サイズ感としてはちょっとしたビルが動いているに等しい。シティホテル並みの船室《キャビン》数があり、いくつかの映画館や劇場、カジノ、そして大規模なパーティが開催できる大広間をそなえ、なおかつ、生活雑貨からブランド品まで、何でも買える商店《ショップ》まである。庶民的な体感としては「ホテルが隣接したショッピングモールが海に浮かんでいる」というところだろうか。

「ねぇ、あの人――」

ふたり連れの女性が、背後のデッキを通り抜けるや、ひそひそ、と囁《ささや》き交わす。なまりのないフランス語からして、このル・アヴールから乗船した客だろう。

「確か――なんとかいう英国の公爵の、嫡孫《ちゃくそん》とかいう人じゃない――?」

何週間か前のタブロイドで写真を見たわ、という低い声に、連れが応じる。

「そうそう、ええと、確か妙に可愛い称号の……そう、ピーチタウン卿《きょう》……?」

「アー！」

アップルトンだ、と思わず振り向いて叫びかけ、エイドリアンは慌てて帽子を目深《まぶか》にかぶり、顔を隠した。

（まずいまずい）

さらにサングラスをかけ、コートの襟《えり》を立てる。ここまですれば完璧《かんぺき》なはずだ——と自己満足したエイドリアンは、古いサスペンス映画から抜け出たようなその姿が、余計に乗客たちの奇異の目を集める羽目《はめ》になってしまったことには、まったく気づいていない。

金に近い栗色の髪。エメラルド色の瞳。手入れの行き届いた肌と爪。素人目《しろうとめ》にも上質だとわかる仕立てのスーツと靴。アップルトン卿エイドリアン・ローズカッスルは、どこからどう見ても、いわゆる「育ちのいい」ことが一目瞭然《いちもくりょうぜん》の青年だった。つまりは否応《いやおう》なく目立つのだ。

「——今の人、まるで王子様みたいね」

すれ違いざま、そう囁かれることも珍しくない。ただし、少々の時代錯誤《さくご》と、世間知らずへの嘲り《あざけ》の意味を含めてだ。

「ローズカッスル」は代々の家名だが、「リンゴの町」という確かに少々ファンタジックな意味をもつ「アップルトン子爵《ザ・ヴァイカウント・アップルトン》」は、彼の家が保有するいくつかの爵位のうちのひとつだ。ローズカッスル家では代々、当主である公爵の嫡孫がこれを名乗ることになっている。エイドリアンは第十代アップルトン子爵に当たり、名にし負う英国貴族の中でも、その歴史は古いほうと言えるだろう。

見栄えのいいクラシカルな外見と、大仰《おおぎょう》な名。英国貴族という存在を戯画化《カリカチュアライズ》したような存在の青年は、また格好の素材として、タブロイド紙の常連だった。

「……今どきは高貴の方々も晩婚とはいえ、『英国社交界のエトワール』も、もう二十八歳だろ？　そろそろ、花嫁を迎える話もあっていいのに——どうしちゃったんだ？」

「……どこそこの令嬢とつきあっているって話はよく浮上するんだがな。なんでか、結婚にまで至らんのだよ。噂《うわさ》ではいつも相手のほうから愛想尽かしをされてしまうとか……」

「……じゃあ、例によって実はあっちの趣味で、女はカモフラージュにされたってわけか？　彼……パブリックスクールの出身だよな？」

「ヒヒヒ、じゃあ十代の頃、寄宿舎でお仲間と悪い遊びを覚えてハマッたクチかねぇ？　まあお貴族様にゃ昔からよくある話さね……」

「……でもよ、たとえそっちのほうがお好みでも、いずれはアメリカあたりの資産家の娘を——いや、今日日《きょうび》はアジアあたりの経済新興国から肌の黄色い女をもらうってのもアリかもな。どっちにしろ、今のローズカッスル家の懐《ふところ》具合を考えりゃ、えり好みはしてられないだろう……」

「……ああ、持ち船を積荷ごとインド洋で海賊にかっ攫《さら》われて転売されたりした上に、此度《こたび》の通貨危機が重なって、さしもの大貴族も火の車だってなぁ……大陸諸国には一線を引くのが慣例の英国貴族のくせに、あそこの公爵はＥＵ経済に肩入れしすぎていたから……」

「四月出航予定の新造船が計画倒れに終わったりしたら、さしものローズカッスル家も終わりだな……また大勢の失業者が出たりしたら、連鎖倒産が起きて、英国経済にも影響が——」

「だがネタとしちゃ面白いじゃないか……公爵の嫡孫がゲイか否《いな》かに、女王陛下の大英帝国の命運が懸《か》かっているなんざよぉ……」

（——「アップルトン卿がゲイなのは真実か否か」だって……？）

エイドリアンは、風が運んでくる世間の声に、心の中で答える。

（――やっぱり、そうなのかな……自分でもよくわからないけど……確かに、こちらから恋したのは「彼」だけだからな……）

象牙色の肌と、黒曜石《こくようせき》の瞳を持つ小柄な少年の面影が、フッ――と目の前をよぎる。

今はもう、年々輪郭《りんかく》がぼやけていくだけの面影が――。

「London《ロンドン》 Bridge《ブリッジ》 is《イズ》 broken《ブロークン》 down《ダウン》……」

古い英国童謡《ナーサリー・ライム》が口を突いて出る。

「彼」を思う時の、これはもう癖《くせ》のようなものだ。

「London Bridge is broken down,（ロンドン橋が落ちるよ）
Broken down, broken down.（壊れて落ちる。壊れて落ちる）
London Bridge is broken down,（ロンドン橋が壊れて落ちるよ）
My《マイ》 fair《フェア》 lady《レディ》!（ぼくの綺麗なお姫様！）」

My《マイ》 fair《フェア》 lady《レディ》……の下りを、ひときわ感傷的に繰り返して、少しもお忍びになっていないお忍び中の青年貴族は、しょんぼりと俯《うつむ》く。
俯いた先の視線は、しかし青年の感傷とは無縁の、明るく健康的で雑多《ざった》な光景だった。ビルの屋上から眺めるほどの眼下で、港湾労働者たちはきびきびと働いている。真新しい船を指さし、物珍しげに談笑する地元の人々がおり、特に子供たちは大喜びだ。

この港に限らず、豪華客船はどこの港に寄っても大歓迎のお祭り騒ぎだ。無理もない。巨大かつ優美なその姿は、ただ停泊しているだけでも見栄えがするし、何よりクルーズ船は燃油や食料品、飲料水その他の補給、または乗客のショッピングによる消費によって、寄港地に経済効果をもたらすと言われているのだから。

『よいかエイディ。客船クルーズは世間から、特権階級や富豪の、金に飽かせた浪費——というイメージを抱かれておるが、多くの雇用を生み出し、人々の生活を支える、れっきとしたビジネスなのだ』

ヘーゼルウッド公爵アンドリュー・ローズカッスルは、重厚なオーク製の家具調度に取り囲まれた書斎で、孫に説教したものだ。

『ゆえに我がローズカッスル家は、これを支えるためにありとあらゆる努力と犠牲《ぎせい》を惜しんではならぬのだ。わかるな、アップルトン子爵』

『——はい、おじいさま』

まだ少年だったエイドリアンは、直立不動で胸を張った。あの頃はひたすら自分の血筋や家業が誇らしく、父や祖父にも純粋な愛情を感じていたのに——。

「ロンドン橋は落ちちゃった《London Bridge is broken down》んだ……」

空疎《くうそ》さを口に出したその時。

こつり……と、プロムナードの木の床を踏む音がした。接岸中の船の、多くの乗客が行き交う場所だというのに、婦人たちのヒールや、重量オーバーの中年紳士の靴音を押しのけて、その音はエイドリアンの鼓膜《こまく》を打った。

くるり、と顔をそちらに向ける。

そこにいた人物を見て、エイドリアンは、自分が十年分の時間を遡《さかのぼ》ったのかと錯覚した。

「ト……！」

翠玉《エメラルド》の瞳が、凍りつく。

すらりとした痩身。大人になった今もなお、小柄と言っていい背丈。

象牙色の、透明感のある肌。漆黒の髪。黒曜石の瞳――。

「トー……ル……？」

（いや待て、落ち着けエイドリアン・ローズカッスル）

心の中で、自分に言い聞かせる。

（判断を早まるな。早とちりはお前の悪い癖だって自覚しているだろう。小柄な東洋人だからって、「彼」とは限らない。他人の空似かもしれない。今まさに思っていた相手が、突然目の前に現れるなんて、そんな都合のいい偶然が、あるわけ――）

「久しぶりだね」

だが少女のように膨《ふく》らんだ形の唇が紡《つむ》ぎ出した英国英語《クイーンズ》は、その「都合のいい偶然」がまぎれもない真実なのだと訴えてくる。

「ロード・アップルトン――」

懐かしい、慇懃《いんぎん》無礼な口調に、くらりとめまいがする。

――そうだ。「彼」はあの頃、ぼくのことを、確かにそう呼んでいた……。

『見ろよ、あいつ。あの新入生さ』

耳によみがえったのは、悪童の声だ。

『あいつ、あんなにチビなのに、名前はトール（背が高い）って言うんだってよ！』

古色蒼然《こしょくそうぜん》たる学舎《まなびや》。輝くような緑の芝生《しばふ》。あれは——寄宿舎の庭だったか、礼拝堂の一角だったか。

あの頃、エイドリアンは十四歳。

東洋から来た留学生の、異国情緒《じょうちょ》に満ちた容姿に、ずくりと疼《うず》くような痛みを感じたその日が、彼の青春の——否、人生の始まりの日だった——。

「見ろよ、あいつ。あの新入生さ」

芝生の緑が輝く学びの庭《スクール・ヤード》で。

十四歳――二年生になったばかりのエイドリアンは、ふと耳にした、あまりに憎々しげな同級生の声に、思わず回廊《かいろう》を歩く足を止めた。

その、十八世紀の創建だという回廊は、古びた風情《ふぜい》と、対照的な若々しい少年たちの姿、それに夏の終わり独特の芝生や木々の緑の瑞々《みずみず》しさがあいまって、絵のような輝きを放っている。

大英帝国の栄光を今に伝える、全寮制男子校《パブリック・スクール》の昼下がり――である。

「あいつ、あんなにチビなのに、名前はトール（背が高い）って言うんだってよ！」

制服を着た生徒たちが、わははは、と笑う。非礼にも彼らがいっせいに指さした先には、ひどくか細く、大人しげな少年の姿があった。

エイドリアンは――本当はそれも好ましくないことなのだけれど――その少年がなぜ嘲笑の対象となったかが、一目でわかった。

少年の肌は、アジア系独特の卵黄色を帯びた象牙色だった。髪は漆黒。瞳は黒曜石。唇の形が、まるで女の子のようにぷっくりとしている。

「あの子――」

エイドリアンもまた、思わず呟いてしまう。

「あの子、本当に男なのか――？」

時代は、すでに人種混沌《こんとん》たる二十一世紀。だが二十世紀初頭から、英国は世界各国の留学生を受け入れてきた伝統がある。だから有色人種の生徒の姿など、この学園《スクール》では珍しくもないのだが――「彼」

は特別だった。あまりにも性別が未分化な容姿だったのだ。

「エイドリアン、君もそう思うか?」

思わず口にした呟きに、思いがけず同級生が食いついてくる。

「君の目にも、あいつ女みたいに見えるよな?」

別段、誰に聞かせるつもりもなかったエイドリアンは戸惑《とまど》い、「あ、いや」と慌てて否定しようとする。だが悪童たちの行動は、それよりも早かった。

「なあみんな、アップルトン卿のご命令だ。あの黄色い新入生が本当に男かどうか、確かめてやろうぜ!」

貴族や富豪の子弟が集まるこのパブリック・スクールにおいても、「ヘーゼルウッド公爵令孫・アップルトン子爵」の名は特別なのだ。そのお墨付きを得たとばかり、たちまち、わっと喚声《かんせい》を上げて、二年生の一団が回廊から芝生の庭へ駆け出していく。

「お、おいよせ! 下級生に乱暴は——!」

エイドリアンは制止の手を伸ばしつつ後を追う。しかし敏捷《びんしょう》な悪童たちは、たちまち東洋人の新入生を取り囲み、「このカマ野郎!」だの「猿みたいなオリエンタルめ!」だの、マナーに厳格な教師に聞かれれば、ただでは済まない罵詈雑言《ばりぞうごん》を喚《わめ》きつつ、その制服に手をかけた。衣服をひん剝《む》いて、裸にしてやろうというのだ。

「やめろ!」

エイドリアンが叫んだ、その瞬間——。

「うわっ!」

どさり、とひとりの悪童の体が芝生上に転がされた。その彼が仰臥《ぎょうが》したまま、何が起こったのかわからない、という顔をしている間に、どさりとまたひとり。

エイドリアンが、目の前で何が起こっているのかを理解したのは、三人目が足を払われて転倒した瞬間だった。

新入生が――象牙色の肌の、お人形のような新入生が、群がる悪童どもを片端から投げ飛ばしているのだ。ある者は足技で倒し、ある者は首に腕をかけ、ぐるりとひねるように投げ捨てる。誰もかれも、まったく敵《かな》わない。

――何だ……？　あの格闘術は……？

エイドリアンの目に、彼の繰り出す技は、まるで魔法のように見える。

小柄な――それこそ女の子のような体つきの彼が、身をひねり、手足をしならせるたび、彼よりも頭ひとつ分は確実に大きな上級生が、ころりころりと投げ飛ばされていくのだ。

（す、すごい……！）

エイドリアンはただただ見惚《みほ》れた。彼はまったくの生身《なまみ》で、CGを多用したアクション映画そのものの動きをやってのけているのだ。すごい。ただ、すごい……！

五人目を転がした後で、彼はまだ残っている悪童どもを睥睨《へいげい》しつつ、告げた。

「まだやる気か？」

切れ長の目に、研《と》ぎ澄まされたナイフのような殺気が宿っている。女の子のような容貌がそれを漂わせる様は、ぞくりとするほど凄《すご》みがある。

「それとも、肩関節のひとつも外されてみないと、気が済まないか？」

「……！」

三人ほど残っていた悪童たちは、いっせいに「降参」の仕草をすると、腰や背中を押さえながらよろよろと立ち上がった仲間を引きずり起こし、どたばたと逃亡していった。

その後ろ姿を無表情に見送って、東洋人の新入生は、黒い制服についたわずかな埃《ほこり》を払った。思わぬ災難だったが、まあそれほどのこともなかった、とでも言いたげな顔で。

「……っ！」

だが、衣服の下に打ち身でも作っていたのだろうか。肩を払っていた彼が、一瞬、痛そうな表情になる。

「あっ、君、大丈夫……？」

エイドリアンは思わず彼に触れようと手を伸ばす。

ぎらり、と。

彼の黒い瞳が再び殺気を帯びたのは、その刹那《せつな》だ。

伸ばした手を、ぱしりと捕らえられ、そして――。

「……え？」

エイドリアンは、世界が一回転する感覚に包まれる。

何が起こったのか、それすらも理解しないまま――。

アップルトン子爵は、びたん、と音を立てて、芝生の地面に背中から叩きつけられていた。

意識が戻ると、ベッドの上にいた。

「う……うーん？」

ぐらぐらする視界にどうにか目を凝《こ》らすと、周囲の光景は学園内の医務室だとすぐにわかった。授業中に気分が悪くなった同級生を、一度連れてきたことがあるからだ。

「気分、どう？」

少し癖のある英語が、ベッド脇から話しかけてくる。

目をやれば、そこにいたのは、黒髪に黒い瞳の――。

「君――」

エイドリアンは、思わず「彼」をまじまじと見つめ、（天使か、それとも悪魔か――？）と怪しんだ。

艶《つや》やかな黒髪に浮かぶ光の輪は天使のものだが、たおやかな美貌には、何か妖しいものが潜《ひそ》んでいるような気がする。そう、見る者すべてを虜《とりこ》にするような魔性が――。

「ごめんなさい」

天使の輪を浮かべた黒い頭が、ぺこり、と垂《た》れる。

「ケガをしないように気をつけて投げたつもりだったんだ。まさか気絶してしまうなんて思わなかった。反省してる――許してもらえるかな？」

「……」

「どうしたの？　やっぱり気分悪い？　めまいとかする？」

おろおろ、と狼狽《ろうばい》し始めた黒い天使は、エイドリアンの額に載せていた濡れタオルを取り、傍《かたわ》らの洗面器の水に浸《ひた》してぎゅっと絞った。その手つきが——何と言うか堂に入っていて、エイドリアンはつい、世話焼きだった乳母《ナニィ》を思い出してしまった。冷えたタオルを額に載せる手の感触が、何とも言えず心地よい。

「校医の先生は、軽い脳震盪《のうしんとう》だろうから病院搬送《はんそう》は必要ないって言ってたけど——やっぱり、ちゃんと脳波とか検査してもらったほうが……」

腰を浮かせてドクターを呼びに行こうとするその腕を、エイドリアンはぱしりと掴んだ。

「いいよいいよ、大丈夫」

「でも……」

「ここのドクターは、しょっちゅう生徒同士のケンカ傷を見てるんだ。彼がそう診断したんなら、心配しなくていいって。それより君は、手当てしてもらった？」

「えっ？」

「ほらあの時、右肩のあたり、痛そうにしてただろう？　怪我したんじゃないかって、心配でさ」

エイドリアンが自分の右肩を指さして見せる。すると彼は、象牙色の顔をさーっと青くした。

「ご、ごめんなさい！　誤解してた！　僕てっきり、君が——その……」

「あの連中と一緒に、君をいじめようとしたと思ったんだ？」

確認すると、青ざめた顔が、今度は一転、ぽっと赤らむ。表情は乏しいのに、顔色は素直だ。血の色の差した耳たぶが、まるで食べごろの果実のようで——。

「謝らなくていいよ。あの状況じゃ誤解しても無理ないから」

なぜか口の中に生唾《なまつば》が湧《わ》くのをこっそり嚥下《えんげ》しながら、エイドリアンは笑ってみせる。

「それに、あいつらを制止できなかったのは、ぼくの責任だし」

「……でも」

「あいつら、やっと一番下っ端の一年生から進級できたもんだから、新入生に先輩風吹かせたくてたまらないんだよ。それで、新入生の中で一番細くて弱そうな子に目をつけたんだ——まったく、伝統ある学園生の風上にも置けない奴らだ！」

義憤《ぎふん》を男らしく表すために、エイドリアンはベッドマットをがんと拳《こぶし》で叩く。が、叩いた場所は鋼材《こうざい》の部分で、握り込んだ拳には思いもよらない激痛が走った。

「——ッ……！」

「だ、大丈夫？」

「う、うん……っ」

脂汗《あぶらあせ》をこらえながら、エイドリアンは痛む拳をかばって丸くなる。

——チクショウ、格好悪い……！　なんでこう、彼の前でばっかり……！

さっきもそうだ。本当なら、小さな新入生を守って、いじめっ子どもの前に颯爽《さっそう》と立ちはだかる騎士《ナイト》になるはずが、不甲斐《ふがい》なくも気絶して、このざまだ。きっとこの綺麗な新入生は、ずいぶん情けない先輩だと思ったに違いない……。

「あの……」

その新入生がおずおず、と尋ねてくるのに、エイドリアンは痛みに顔を歪《ゆが》めたまま、「なに？」と問い返す。

「君の名前、教えてくれる？」

そう告げられて、初めてエイドリアンは、自己紹介がまだだったことを知った。貴族の一員たる者が、うかつなことだ。

「ぼくは――」

エイドリアンは少し迷い、名乗った。

「ぼくはエイドリアン・ローズカッスル――アップルトン子爵って呼ぶ人もいる」

そんな言い方をしたのは、家名をちらつかせて威張《いば》っていると受け取られたり、大仰に驚かれたりすることに、近ごろ少し苛立《いらだ》ちを感じ始めていたからだ。

この子にもそんな反応をされたら嫌だな……と思いつつ様子を窺《うかが》っていると、東洋人の新入生はにこりと笑った。

「僕はマツユキ・トオル」

トオル、の発音は、悪童どもがからかった「Tall《トール》」とはまったく違うイントネーションだった。とはいえエイドリアンにも、いざ呼ぼうとすれば「トール」としか発音できないに違いない。

「ありがとう、ロード・アップルトン」

握手の手と共に差し出されたのは、真珠が輝くような笑顔だ。一瞬見惚れたエイドリアンはしかし、

「君が僕を守ろうとしてくれたことに、とても感謝してるよ」

やさしい声で告げられて、またがっくり落ち込む。

(……「守ろうとしてくれた」んじゃなく、「守ってくれた」って言われたかったのになぁ……)

本当は、こんな「力不足なりにがんばってくれたんだよね」的な努力賞の笑顔じゃなく、綺麗な後輩からの賞賛と尊敬のまなざしが欲しかったのだ。そう、「ありがとうロード・アップルトン。君こ

そは強く誇り高い、貴族中の貴族だよ」みたいな……。

頭を抱えて黙り込んでしまったエイドリアンを、トールが焦《あせ》った様子で覗き込んでくる。

「どうしたのロード・アップルトン？　僕何か、変なこと言った？」

「……トール」

「なに？」

「これからはぼくを呼ぶのに、『ロード』も『アップルトン』もナシだ」

そう告げると、トールは小首を傾《かし》げる。

「でも、貴族の子弟には、爵位に敬称をつけて呼ぶのがこの国の習わしなんだろう？」

いかにも「そう教えられました」という口調だ。きっと留学前に一生懸命勉強したのだろう。それは好ましいことだし、確かに、マナーとしても間違ってはいないのだが。

「ぼくの家の使用人や、おじい様の企業の人たちならそうだ。でも君はこの学園の仲間で――友達だろ？」

「トモダチ？」

その声はとても疑わしそうなもので、エイドリアンは再度ぐっさりと心傷を受けた。お互いに自己紹介もしたのに、まだ友達と思われていないなんて……。

（この子、ぼくのことが気に入らないんだろうか？）

代々続く大貴族の子弟、というだけで理不尽《りふじん》に毛嫌いする者もいるから、エイドリアンは人から拒絶されることについては「そういうものだ」と受け入れているし、嫌う相手を深追いはしない。だがこの異国から来たばかりらしい――懸命に勉強してはいるが、微妙に発音が違う英語からそれとわかる——綺麗で可愛い新入生には、なぜかどうしても、ただ無条件に好かれたかったのだ。どうしても、彼にだけは好きになって欲しい——。

「ぼくのこと、嫌いかい？　気に入らない？」

下級生に対して、つい上目使いをしてしまうエイドリアンを、トールは「それは」とこちらも腹の底を探るような目で見つめ返してくる。

「それは君のほうだろう？　僕、君に暴力を振るったんだよ？　あんな出会い方をして、友達なんて——」

ああ、そういうことかとエイドリアンは納得する。トールは、労《いたわ》ろうとしてくれたエイドリアンを誤解して投げ飛ばし、さらには気絶させてしまったことを気に病《や》んでいるのだ。

「——空を飛んだみたいで、すっごく楽しかったよ。礼拝堂《チャペル》の尖塔まで投げ上げられたかと思った」

ユーモアは英国紳士の得意技だ。でもどうだろう、外国から来たこの子に通じるかな、と反応を見ていると、トールは一瞬きょとんと目を瞠り、それから、ぷっ、と噴《ふ》き出した。よかった、通じたみたいだ……。

トールはすっかり明るくなった表情で、くつくつと笑いながら肩をすくめる。

「そこまでは無理だよ。まあ確かに、一本背負いは柔道の技の中では派手なほうだけどね」

「うん、何か、こう、一瞬ふわっと重力がなくなったような感じだった」

「じゃあ、僕の腕前としてはまあまあ成功だな。五段くらいの人に技をかけられると、投げられた、という感覚もないまま、次の瞬間には床に転がされているそうだから」

エイドリアンは目を丸くする。

「それ、ホント？」

「僕の師匠はそう言っていたから、多分本当だと思うよ」

「じゃあトール」

エイドリアンはがばっと起き上がった。

「君がもっと腕を上げたら、またぼくを投げてみてくれよ。楽しみにしているから！」

トールは驚いたような顔をし、エイドリアンの顔を凝視する。

「……君って変な人だね」

「そ、そうかな」

「そうだよ。投げ飛ばされて気絶までしたのに、また投げられたいの？」

「いや、それは――」

別に変な趣味じゃなくて、君に興味があるんだ――という言葉を、エイドリアンは寸前で飲み込んだ。これじゃ大人が口にする、本物の求愛の言葉みたいだ。何を考えているんだ、ぼくは……。

「あ、じゃ、じゃあぼくもその柔道っていうの習ってみようかな。確かこの学園にクラブがあったから。こう、上はキモノで、下に紺色のスカートみたいなの穿《は》いて、あれってハカマって言うんだよね？」

「……ロード・アップルトン」

半分ため息まじりの声で遮《さえぎ》られ、エイドリアンは少々ぎくっとしながら「なに？」とトールを見る。

「それは合気道」

別の武道だよ、と淡々と指摘され、エイドリアンは赤面して黙り込んだ。

黒い瞳の放つ視線が、ひたすら痛かった。

——だがしかし、ふたりはこの日から互いに無二の親友同士となった。そして、トールがエイドリアンを「ロード・アップルトン」と呼ぶのは、怒っている時か呆《あき》れている時、というふたりの間の暗黙の了解もまた、この時に誕生したのだった。


「ロード・アップルトン！」

後ろから呼びかけられて、エイドリアンはぎくっと肩を揺《ゆ》らせる。

水蒸気までもが凍りつく厳寒の一日。校舎の外廊下で、白い息を吐きながら振り向いて見れば、案の定、トールが怒った顔をして立っている。「彼、怒ると怖いんだよ」と言うたびに、友人たちは「東洋人なんてほとんど無表情なのに、よく怒っているとか悲しんでいるとかわかるねぇ」と感心するが、エイドリアンにとってトールは特別だ。切れ長の一重の目尻や、相変わらず陶器人形のような口元のちょっとした角度から、ちゃんと感情が読み取れる。今日の場合は、ことさら「ロード」をつける、その呼び方から。

これが出る時のトールは、かなり怖い。凍てつくような冷気を放ちながら、激怒しているのだ。

「な、なに？　トール、どうかしたかい？」

「——少しお話しする時間を頂けますか？　アップルトン子爵」

トールは、右目の下と唇の左に、痛々しく絆創膏《ばんそうこう》を貼っていた。試合後一週間目のボクサーといった態だが、それでも月から舞い降りたような神秘の美貌は損なわれていない。その彼がくるりと肩を翻《ひるがえ》すと、エイドリアンは目に見えない引き綱をつけられているかのように、すごすごとその後を追った。

「おい、見ろよエイドリーの奴」

低く嘲る声が聞こえる。

「またあの黄色いチビスケにいいように扱われてるぜ」

「英国屈指《くっし》の名門貴族の跡取りが、何であんな外国人にいつもへいこらしてるんだ？　しかも、あのチビのほうが一学年下だろ？」

「いや、それがさ」

ひそひそ声がさらに低められる。

「あいつ、あんなチビのくせに、すんごく強いんだってよ。調子に乗るなってノシてやろうとした合気道《アイキドー》クラブの連中が、ひとりも敵わなかったって！」

「えっ、あいつ柔道《ジュードー》だけじゃなくて合気道もできるのか？」

「剣道《ケンドー》も有段らしいぞ。何でも、マツユキ家っていうのは代々位の高いサムライの家で、男の子は三歳になったら武道を始めて、十五歳までに三種類以上の段位《ダン・グレード》を取るのがシキタリなんだってさ」

「マジかよ……すげー……」

「でもまあ、エイドリーの場合、腕ずくで言うことを聞かされてるんじゃないよな。あれは……惚れた弱みってやつ……？」

ひそひそと囁かれて、だがエイドリアンは腹も立たない。自分がトールに——この年下の友人に、すっかり心を奪われていて、始終その動向や顔色を窺っている自覚なら、とうにあったからだ。

出会いから、一年と少し。

ふたりはこの学園で、二度目の冬を迎えている。トールは背丈が少しだけ伸びたが、相変わらず小柄で、相変わらず綺麗だ。いや、さらに美しくなった。花盛りの庭のように――。

ふたりは前後に連なって、ひと気のない、凍りついた噴水がつららを垂らしている庭にやってきた。ジョージ四世時代の歴史的建造物が周囲を囲い、シーズンであれば観光客の一団が案内されたりもする場所だが、今は近寄る生徒もない。ことさら大声を出すのでなければ、会話に聞き耳を立てるのは、地下室に住み着いていると噂の幽霊くらいだろう。

「トール……あのさ」

「君は馬鹿か？」

ぐるっと振り向くなり、トールは辛辣《しんらつ》そのものの言葉をぶつけてくる。エイドリアンはその険《けん》を含んだ眼光に、うっとのけぞって狼狽する。

「あの……何を怒ってるんだい？　トール？」

「決まっているだろう！　君が、僕を闇討ちした連中を、生徒監にバラしたことだ」

寒風に梢《こずえ》が揺れて、さらさら、と雪が落ちる。

彼がとある教師の名を装った呼び出しに応じた挙げ句、待ち受けていた数人の生徒に襲われたのは、一週間ほど前の夜のことだ。卑劣な襲撃計画の噂があることを事前に知ったエイドリアンは、「気をつけて」と警告していたのだが、トールは別段、監督生や教師に保護を求めるでもなく、涼しい顔のまま敵を返り討ちにしてしまった。相変わらずの凄腕だが、さすがに多勢に無勢で無傷というわけにいかなかったらしい。翌朝、綺麗な顔に痛々しい傷を作っているトールを見て、エイドリアンはたまらず、教師に事の仔細《しさい》を報告した——というわけだ。

トールは目を、絆創膏ごとキリッと吊り上げる。

「僕は君が警告しに来てくれた時、連中とは自分でカタをつけるから、この件にはいっさい手出しするなと言っただろう？」

「だってトール……！」

顔色を窺いながらも、エイドリアンは反論する。傷を受けたトールの顔を見るたびに、卑劣な人種《レイ》差別主義者《シスト》への憤《いきどお》りが抑《おさ》えられないのだ。

「軽傷とはいえ、君がケガをさせられたっていうのに、あの連中になんのお咎《とが》めもないなんて、納得いかないよ。下級生を集団で襲撃しようなんて卑劣な奴らは、やっぱりきちんと罰してもらわないと……」

「さっき、僕も生徒監に呼ばれて事情聴取された。誰かに襲撃されたのは事実だけど、それが彼らかどうかはわからないと言っておいた」

「どうして！」

「だから言っただろう。連中とのカタは僕自身がつけるって。君の警告のおかげで、連中を撃退することができたことには感謝している。あいつらの体に傷を残すようなヘマはしなかったけど、二、三日はメシが食えない程度にはきついダメージをくれてやった。僕には、それで充分だ。この上、教師に介入されて、話をややこしくする必要がどこにある？」

「トール……」

「連中を叩きのめした時、僕はあいつらに『これで許してやるからとっとと巣に逃げ帰れ』って言ったんだ。でも君が生徒監の耳に余計な事を吹き込んだせいで、その約束が反故《ほご》になるところだったんだぞ。そんなことになったら、あいつらの恨みつらみが倍になって、僕はまたどんな卑劣な罠《わな》にはめられるか知れたものじゃない。君は僕に、この上さらに危険な目に遭《あ》えって言うのか？」

「――あ……」

そうなのだ。エイドリアンとトールは別々の寮《ハウス》の寮生で、さらには学年も違う。普段の生活も、教室での勉強も、大半は別々にならざるを得ないのだ。

だからエイドリアンが、持ち前の騎士道精神を発揮してトールの守護者を自任しても、それは実際のところ絵に描いた餅《もち》でしかない。トールは、一日の多くの時間、自分の身を自分で守って過ごさなくてはならないのだ。だがうかつにもエイドリアンは、そんなトールの敵をさらに増やしてしまうところだった……。

「ご、ごめんトール……そこまでは考えが及ばなかった……」

素直に誤りを認めると、トールはむっと口元を曲げたまま睨《にら》みつけてくる。

「エイドリアン」

「……なに？」

「君が一生懸命、僕を守ろうとしてくれることには感謝してる……でも、ありがた迷惑なんだ」

どさーっ、と屋根から雪が落ちる。

「きっと君の目から見た僕は、『守ってやらなきゃならない』存在なんだろうね。変な名前の外国人で、下級生で――有色人種で」

「トール、そんな」

「でもそれは、僕自身が僕の力で戦って解決しなきゃならないことだ。お貴族サマの、下々《しもじも》の者への慈悲や同情はいらない」

エイドリアンが蒼白になっているのと同様、トールの顔もまた、青かった。エイドリアンは悟った。彼は最後通牒《つうちょう》を突きつけるために自分を呼び止めたのだと。

「ロード・アップルトン。君はもう、僕に関わらないほうがいい」

「――!」

「英国屈指の大貴族の嫡孫が、あんな外国人のチビを追っかけまわして……って嘲笑されて、君の得になることは何もないはずだ」

「トール……」

「僕らは年齢も人種も立場も違う。パブリック・スクールでは、寮が違えば仲間ともみなされない。最初から住む世界が違うんだ――僕と君がトモダチとしてやっていくのは、無理だよ」

チュリー、チュルチュル、と甲高い囀《さえず》りを放って、小鳥が飛び立って行く。コマドリ《コックロビン》だ。

「僕が言いたかったのはそれだけだ。……じゃあね」

さらり、と肩をひるがえす。武道の達人であるトールは、こんな仕草ひとつがとても優雅だ。蒼白になったまま、数秒間、その背に見惚れて――エイドリアンはハッと正気に返った。

「待って――待ってトール!」

古い建物に反響する声に驚き、中庭のコマドリたちが何羽もいっせいに飛び立った。エイドリアンは古びた石畳《いしだたみ》を駆け、全力疾走でトールの背中に追いつく。

そしてその、細いけれど鞭《むち》のようにしなやかな背を抱きしめた――無我夢中で。

「待ってトール。行かないで。ぼくを見捨てないで。お願いだから！」

「……エイドリア……」

「ぼくは決して、上から目線で哀れんだり、同情したりしてるんじゃないんだ！　君が人種差別を受けたり、理不尽な暴力の標的にされても、誰からも守ってもらえないでいるのを見るのがつらい。それだけだ！　本当に、本当にそれだけなんだ！」

腕の中で、トールが束縛を逃れようとしてもがいている。だがエイドリアンは、決して腕を離さなかった。トールが本気で抵抗したら、多分打撲傷《だぼくしょう》のひとつふたつでは済まないだろう。だが構うものか。殴られるよりも蹴られるよりも、トールに絶縁されるほうが、ずっと痛い――心が痛い、のだから……！

「君が好きなんだ！」

その声は、庭を囲む建物じゅうに反響した。無人の中庭とはいえ、ここは学園内だ。きっと誰かの耳に届いたに違いない。でも構うもんか、構うもんか……！

「君を最初に見た瞬間から、ぼくはずっと君が好きだった！　友達になりたかった！　そばにいたかった！　それだけなんだ！　同情なんかじゃない！」

「……！」

「君はとても強くて、神秘的で――ぼくにとっては、世界の美しさや素晴らしさを凝縮したような人だ。君がいてくれるから、ぼくは今ここに生きている世界が、そんなには悪くない場所……生きていくのに値する素晴らしいものだって思えるんだよ。君がいなければ、好きなことなど何もできない、生まれた瞬間から大貴族の跡取りと決められた人生なんて、つらくて仕方がなかったはずだ。お願いだトール、ぼくのそばにいて。これからも、ずっと一緒にいて！」

トールの体が、もがくのをやめる。説得が通じた、というより、ひどく困惑させてしまったせいだとわかってはいたが、それでもエイドリアンは安堵《あんど》した。強張《こわば》って、抱き心地のいい体からなおも離れたがらない腕を、ぎぎぎと音を立てながら、ゆっくりと離す。

トールは――逃げなかった。聡明さの現れた顔をエイドリアンに向け、花びらのような唇を、震わせながら開く。

「す……」

「す？」

「すごいこと、聞いちゃった……」

茫然自失の目が、下を向く。

「ほ、本物の英国貴族の御曹司《おんぞうし》から……き、金髪碧眼《へきがん》の王子様から、告白されちゃったよ、僕……は、は……ははは……」

その首筋が、どんどん深く濃い赤に染まっていくのを、エイドリアンは間近に見た。そこに口づけたい衝動を、どうにかこらえながら。

「トール」

「み、見ないで……！」

トールは顔を覗き込もうとするエイドリアンに逆らい、頑強《がんきょう》に下を向いたままでいようとする。

「ぼ、僕……！　今、思いっきり勘違いしてるから！」

「勘違い……？」

「だ、だって君はトモダチだって……！　友達として好きだってはっきり言ったのに、僕は、僕は……！」

コマドリたちが鳴き騒ぐ。春から子育てを始める彼らにとって、真冬はつがいの相手を求める季節なのだ。

「ぼ、僕……一瞬、君が僕に……お、大人の男の人が女の人にするみたいに、こ、恋してるのかと思っ……」

小鳥が羽ばたく。凍てついた雪を蹴立てて。

「……トール」

「ご、ごめん――あんまりビックリしちゃって、心臓が……も、もう少しで落ち着くから……」

「トール」

エイドリアンは、再度、今度は正面から、トールの肩を摑む。

びくり、と慄《おのの》くその顔に、告げる。

「トール――それは勘違いじゃない」

「――ッ！」

「ぼくは――君に恋してる」

「エイドリアン……！」

そうだ。とっくにそうなっていたのだ。ただその感情に、まだ「恋」という名がついていなかっただけで。

こんなにもひたむきに、こんなにも四六時中続く思いが、ただの同性の友人に対するそれのはずがない。同情ではない。だが友情でもありえない。そんなことは、とうに言葉にしていなくてはならなかったのに。

「君が好きだ——友達よりも、もっと深く、もっと強く、真剣に」

「エイ……」

「好きだ、トール」

「あ……」

トールは恐怖に駆られたような表情で震える。常に修行を積んだ聖者のように落ち着いて、時に人を食ったところをも見せるトールの、初めての年齢相応の顔だ。

エイドリアンはそんなトールに対して、出会って以来初めて年上の少年として振る舞った。トールの肩を摑み、建物の壁に押さえつけ、上から覆いかぶさるように顔を近寄せる。

そして、まだ性成熟の気配も見せない、少女のような細い顎を持ち上げ——桃色の唇を、自分の口で覆う。

「う……」

腕の中で、トールが震える。

寒風が舞い、雪がきらめき、コマドリが歌う。長い、時間——。

だが口づけの間、トールはついに、エイドリアンの腕から逃げ出そうとはしなかった。

——そしてまた、幾度目かの夏がやって来た。

英国では、夏の始まりは学年の終わりだ。無事に昇級試験を済ませ、夏季休暇でそれぞれの親元に帰宅するまでの短い期間、生徒たちは青春の輝きを謳歌《おうか》する。

……が。

そんな学園内を、エイドリアンは血相変えて走り抜けていた。何事だ、と見送る生徒たちの四割ほどは、「またどうせあの東洋人がらみだろ」という苦笑を浮かべている。思春期の男子生徒が寝食を共にするパブリック・スクールでは、生徒同士の過剰に親密な仲など珍しくもないが、エイドリアン・ローズカッスルのトール・マツユキに対するそれは、ことに有名だったからだ。

「おいっ」

トールと同じ寮に属する下級生二人組を見つけ、詰め寄る。最上級生の、しかもよその寮の監督生に怖い顔で迫られて、哀れな下級生たちは、ひいっと悲鳴を上げて校舎の壁にくっついた。

「おいっ、お前たちの寮の出し物で、マツユキ・トールが女装させられるというのは本当なのかっ？」

「い、いいえ、あの……し、知りません！」

「知っていても言うわけにはいきません！」

拷問にかけられたスパイのようなセリフを悲鳴交じりに口走りながら、下級生たちはそれでも頑強に口をつぐむ。それもそのはず。卒業してゆく最高学年生へのはなむけでもある学年度末パーティの出し物の内容は、本番当日まで絶対に秘密にされるのが慣例なのだ。もし他の寮の生徒に漏らせば、その後卒業までの間、ずっと仲間から裏切り者扱いされるのだから、いかにひ弱い下級生でも、それは必死にもなる。

たかだか準備期間一週間ほどの寸劇に、何を大げさな、という世間の常識は、この学園では通用しない。ここを巣立った卒業生は、いわゆる公立名門大学《オックスブリッジ》や士官学校に進み、将来は何らかの形で国家機密に関わる立場になることが多い。「所属する組織の秘密は、絶対に守る」というモラルを養成する、これは大切なエリート教育の一環なのだ。

——とはいえ、秘密というものは必ずどこからか漏れる。他者の秘密を漏れ知ってしまった場合、見て見ぬふりをする、というのも、社会人にとっては必要な素養なのだが、ことトールのこととなると、エイドリアンに「看過《かんか》する」という選択肢はないのだ。

「もういい、わかった」

エイドリアンが身を引くと、下級生たちはあからさまにホッとする。だが。

「直接、本人に聞く」

その言葉を聞いて、壁にへばりついたままげえっと声を上げたのは、「なんて無茶なことを言い出すんだ、この人は」という意味だろう。何しろエイドリアン・ローズカッスルは他寮の監督生なのだ。それがみずからよその寮に乗り込むなど、一国の国務長官が、敵対国に直接スパイとして潜入するようなものである。

……が、それをやってしまうのがエイドリアンだ。それからきっかり三分後には、「トールに会わせろ！」と押し問答をする彼の姿が、寮の玄関前にあった。

「今、劇の稽古《けいこ》中だ！　そうでなくても、この期間は他寮の生徒と面会しないのが慣例だろっ」

「だがお前たちは、またトールをいじめようとしているだろう！　彼に女装を強要するなんて！」

「どこから聞いたか知らんが、あれはトールも同意してやると決めたことだ！　他寮の監督生に、とやかく言われる筋合いはない！」

「ジャイルズ」

扉の向こうから、突然、静かなくせによく通る声が響いた。

正確な発音を、ことさら心がけているような硬い声。トールだ。

「僕が対応するよ」

「だけど、トール……」

「ロード・アップルトンは、言い出したら絶対に聞かない人だから」

扉の陰に、中に入れて、と指図する手がひらめく。その手首がレースとフリルに飾られているのを見て、エイドリアンはトールが今まさに女性の衣装を着けていることを悟った。

「入りなよ、エイドリアン。それからみんなは、席を外して。稽古は一時休憩。お茶でも飲んでおいで」

てきぱきと指示する声。

エイドリアンは意外さに目を瞠った。てっきりトールは、最高学年への進級を控えた今も、仲間から差別され、疎外されているものと思っていたのに、今の声は、仲間に指示を下し慣れた立派なリーダーのものだ。

「早く入って」

念入りなことに、マニキュアまでほどこした手が差し招く。エイドリアンはまるで魔法をかけられた王子のように、その手の招くまま、入学以来初めて他寮のドアを潜《くぐ》った。

寮の多くがそうであるように、ドアを潜ったそこは、二階まで吹き抜けのロビーになっている。階段や柱は飴色《あめいろ》に輝く木製で、この寮の創設者であるヴィクトリア時代の某政治家の肖像画が、正面に掲げられていた。

トールは劇の衣装であるドレスの上に、黒いローブを羽織っていた。さすがに出し物のネタバレになる衣装の詳細を、他寮の監督生であるエイドリアンに見せるわけにいかなかったのだろう。テーブルの上に長い黒髪のかつらが放り出してあるが、エイドリアンの目にはトールの地毛のほうが、何倍も艶やかに見えた。

「まったく、君は——」

ふう、とため息をついて頭をかくトールは、夏が終われば最高学年になる年齢を迎えて、かつては性別も定かでなかった美貌に、青年の凛々《りり》しさを加え始めている。とはいえ鼻筋も頬も首筋も、同年代の英国人の少年たちと比べれば、ずっと線が細くて中性的だ。

「あと半月もすればここを出て行く卒業生のくせに、いつまでそうやって、僕の心配をするつもりだ？」

「だって、トール……」

「だってじゃない！　秋の新学期からは、君はロンドンの大学、僕はこの学園で別々の生活になるんだぞ。ここの生徒である間は、僕は携帯電話の所持は認められていないし、面会日だって限られているのに、今からそんなことでどうするんだ」

「……っ！」

エイドリアンは衝撃を受けた。半月後に迫った離れ離れの生活を突きつけられたからではない。それも改めてショックではあったが、一番心に傷を受けたのは、トールがそれを平然と受け止めていることだ。

（ぼくと離れることを、トールは何とも思っていないのだろうか……寂しいとも、つらいとも……？）

しばらく顔を合わせる機会もなくなる、というだけで、エイドリアンは目の前が暗くなるほどだというのに。トールは別れを口にしても、顔色ひとつ変えない。元々表情豊かとは言えないほうだが、それにしても――。

「恋人、じゃないか……」

ぼそりと不満げに呟くと、トールは柳眉《りゅうび》を持ち上げた。なにを言い出すんだ、という顔。

「ぼくと君とは、恋人、じゃないか――」

「エイドリアン」

「そうだろう？　違うのか？　ぼくは君に好きだと言った。キスもした。何年間も、何度もそうした。そして君は、それを嫌だとも困るとも言わず、受け入れてきた。ぼくはもうすっかり、そのつもりだったのに――ぼくらは恋人同士だって」

「……」

トールは困惑した顔で、目を逸《そ》らそうとする。エイドリアンはその二の腕を摑み、自分のほうへぐいと引き戻した。

「聞いて。いや、言ってトール。ぼくは君の何？　君は――ぼくの告白やキスを、今までどう受け止めていたの」

「今はそんな話はしていない」

「誤魔化《ごまか》すな！」

つかせた。

エイドリアンはトールの腕を離さない。トールは抵抗する気配を見せ、だが次の瞬間、足元をぐらつかせた。

エイドリアンはトールが抵抗できない理由を知った。彼は今、婦人物のハイヒールを履《は》いているのだ。いかな武道の達人でも、いや達人だからこそ、足元の安定を欠いては何もできないのだ。

「ぼくは」

望外の幸運に感謝しつつ、エイドリアンはトールの黒い瞳に至近まで迫った。

「ぼくは君と結ばれたい、トール」

「……ッ……！」

「心も、体も――これからの生活も、人生も、何もかもだ」

トールの目が瞠られる。エイドリアンはそれを見て、自分の意志があやまたず彼に伝わったことを確信した。パブリック・スクールから大学へ。少年から青年へ。大人への階段を上って行こうとする男が口にする、「体」そして「人生」という言葉の、その重みもまた。

「き、君は」

トールの慄きが、エイドリアンの手に伝わる。

「君は、だって――王室の血を引く大貴族の子弟で……家は、大企業を経営してもいて」

「それがどうした」

「だ、大学を出れば、君は上流社会の一員で、さらには世界経済にも関わる立場の企業人で、いずれは祖父君《そふぎみ》のヘーゼルウッド公爵の地位を継いで、英国政財界の中心に……」

ぶつぶつと呟くように列挙していたトールは、蒼白な顔で首を横に振る。

「とても……外国人の僕が、ずっと一緒にいられるような人じゃないじゃないか……」

「トール……」

「いつかは、別々にならなきゃいけない人じゃないか――だ、だから」

腕を摑まれたまま、がっくりと項垂《うなだ》れるトールの瞳から、ぽたりと滴《しずく》が落ちる。

「……それならいっそ、恋人としては結ばれないままのほうがいい。……そうすれば、僕はまだ、生きていけないほどには傷つかずに済む……そうだろう……？」

「トール……！」

エイドリアンは息を吞む。

訥々《とつとつ》とした話し方は、トールにとってそれが、ずっと長い間、心の底に隠していた本心――本音であることを、何よりも雄弁に物語っていた。

引き裂かれる未来が確定しているのなら、いっそ結ばれないほうがいい。それはつまり、トールもまたエイドリアンに深く熱い思いを抱いている、ということだった。もしも失われれば生きていけないと、怖れ慄くほどの。

(愛してくれている)

息を吞むように、エイドリアンは歓喜した。

(愛してくれている。トールは、ぼくのことを愛してくれている……！)

それは、ただそれだけでもう何もいらないほどの喜びだった。人種も、年齢も、立場も違う同性の想い人への困難な恋が、数年の時をかけ、今ここに成就《じょうじゅ》したのだ――。

「トール、ぼくは」

エイドリアンは、咄嗟《とっさ》に口走っただけと思われないように、一呼吸置き、容儀を改めた。

「ぼくは君を愛することを、死ぬまでやめないと誓う」

「……！」

「家のことや、家業のことは——ぼくが大人になれば、ぼく自身の意思で決めることができると思う。君は心配しなくていい」

「でも！」

「もちろん簡単なことだとはぼくも思っていない。でも、今から準備を整えて、少しずつ、少しずつ実現していけばいいことだ。——違う？」

「で……も……！」

「トール、君はぼくのそばにい続ける決心をしてくれるだけでいいんだ」

貴婦人のように整えた手——さすがに武道家なだけあって、少しごつい——を取り、腰を屈《かが》めて、恭《うやうや》しく口づける。

——忠誠のキスだ。

トールは指を震わせ、ただただ、目を瞠っている。

「どうか決心を、トール」

エイドリアンはその目を覗き込んだ。

「ぼくが君を待っていることを——待ち焦がれていることを、忘れないで」

翠玉と黒曜石が、互いの輝きの奥に同じものを——愛情への渇望と期待を確認した瞬間、エイドリアンは手を離し、肩を翻した。

瞬間、ひどく覚束《おぼつか》ない、不安げなまなざしが追いすがってくる。
それに慈愛の笑顔で手を振って、エイドリアンはドアを閉ざした。

伝統ある講堂に、元気のいい歌声が響き渡る。

「London Bridge is broken down,（ロンドン橋が落ちるよ）
Broken down, broken down.（壊れて落ちる。壊れて落ちる）
London Bridge is broken down,（ロンドン橋が壊れて落ちるよ）
My《マイ》 fair《フェア》 lady《レディ》!（ぼくの綺麗なお姫様！）」

まだ幼さの抜けない一年生たちが、声を張り上げて歌いながら、輪を成して舞台上をくるくると回る。英国人ならば誰知らぬ者もない――否、世界のどこの国でもよく知られている英国童謡《ナーサリー・ライム》だ。どうやら寸劇は、ミュージカル仕立てになっているらしい。
エイドリアンは、卒業式を済ませた生徒たちと共に舞台を見物しながら、はらはらと成り行きを見守った。ああ神様、どうかトールをお守りください。どうか彼の名誉と誇りが傷つきませんように……。
その時、下級生たちの輪の中に、不意に日傘で顔を隠した、白いドレスの淑女《レディ》が現れた。細くウエストを絞ったマーメイドライン。花かごのようにフリルとリボンを盛り上げた帽子。百年は昔の、ヴイクトリア朝風の装いだ。これまた花かごのような装飾過剰な日傘が、歌に合わせてくるくると回転する。

どよっ、と観客席の生徒たちがざわめく。そのS字の立ち姿、しなやかな足さばき。この男子校の只中に、いったいどこから女優が現れたのか――と彼らが思った瞬間、淑女はぱっと日傘を取りのけた。

トールだった。

（う、わぁ……）

観客席の真ん中で、ひとり手に汗握っていたエイドリアンは、度肝《どぎも》を抜かれた。濃い化粧に、シニヨンに結い上げた長髪。ああトール、君って奴は……！

だがしかし、エイドリアンの心配に反して、トールが登場した瞬間、その姿を笑う者は誰もいなかった。瞼《まぶた》に陰をつけた切れ長の黒い瞳。ルージュでくっきりと形作った唇。彼があまりにも――あまりにも美しかったからだ。

舞台監督らしい、いかにも芸術家顔の生徒が、舞台袖でしまったという顔をしたのは、トール登場の場面で取れるはずだった笑いが取れず、会場が水を打ったように静かになったからだろう。彼の企画するところは、どたばたの爆笑喜劇だったのかもしれない。

「My fair lady《マイ・フェア・レディ》！」

一年生たちが歓呼《かんこ》する中、トールはにこりと――いや、妙に凄みの効いた笑い方は、にやりと、と表したほうが正確かもしれない。真紅のルージュで塗りつぶした唇が、妖気を帯びた形に吊り上がる。

「どうだ」という顔。

「My fair lady《マイ・フェア・レディ》」のfairという単語には「清く正しい、正統的な」という意味のほかに、「見栄えだけの、偽物の」という裏の意味もある。つまり一年生たちの歓呼には、「実は女性ではない淑女《レディ》」という意味が含まれているのだ。

「——あ、あれ、あいつだよな？　あの日本人」

観客席で、ひそりと囁く声。

「そーだよ、柔道三段合気道初段剣道二段のサムライ野郎だよ」

「マジ……？　そこらへんの女優よりずっと美人じゃないか……」

オードリー・ヘップバーンみたいだ、と誰かが呟く。なるほど、小顔で黒髪、猫のような黒い瞳は、往年《おうねん》の大女優に似ていなくもない。

「——やばい」

奇妙なほど前屈みになった生徒が、ぼそりと呟く。

「何が」

「俺、あいつだったら男でもイケるかも……」

背後のひそひそ声を聞いた瞬間、エイドリアンは生まれて初めて他人に殺意を覚えた。その殺気が伝わったのか、慌ててもう一人が「バカっ」と友人を窘《たしな》める。

「あいつはお前、ロード・アップルトンの公式の愛人《ロイヤルミストレス》だろっ……」

「そりゃ知ってるけど——」

「長く生き残ってきた家は、その分闇との繋がりも深いもんだってパパが言ってたぞ。ましてローズカッスルは、その昔、奴隷貿易で財を成して以来、血生臭い歴史を積み重ねてきたって噂の家だぜ。

うかつに手ぇ出したりしたらお前、テムズに死体が浮くぞ……？」

「ひええ……」

物騒なひそひそ話の間にも、舞台は進行していく。下級生たちが「My fair lady!《マイ・フェア・レディ》」とトールを追いかけ回すのを、トールはドレスの裾を見事にさばいてひらりひらりとかわしていく。そうこうするうち、やはりヴィクトリア朝時代の紳士の扮装をした青年が三人、舞台に登場した。

――あいつらっ！

エイドリアンは毛が逆立つのを感じた。彼らは数年前、卑劣にもトールを闇討ちしようとして、したたか返り討ちに遭った連中だ。

（まさかこの舞台で、トールに恥をかかせて復讐しようっていうんじゃないだろうな……！）

もしそんなことになったら、と椅子を鳴らして腰を浮かしたエイドリアンに、周囲の卒業生たちの視線が集まる。その様子を舞台上から見て、トールの目が鋭くなった。

――余計なことをするんじゃないぞ。

その目がきつい警告を投げかけてくる。こういう時のトールは本当に怖い。エイドリアンはしおしおと椅子に腰を下ろした。その様子を見て、くすくす、と笑った者が数人いる。相変わらず尻に敷かれているな、という意味だろう。

「My fair lady!《マイ・フェア・レディ》」

「My fair lady!《マイ・フェア・レディ》」

「My fair lady!《マイ・フェア・レディ》」

しかしエイドリアンの心配とは真逆に、三人の青年たちは女装のトールに夢中、というそぶりを演じ始めた。澄まし返ったその顔が、トールの姿をひと目見るなり、心臓を恋の矢に射抜かれて、ころんと倒れたり、へなへなと崩れ落ちたりするのだ。これを見て、ようやく客席から笑いが起こり、舞台監督が、「よぉし!」と会心の拳を握るのが、エイドリアンの位置からも見えた。

フェアレディ――トールは、くるくると立ち回りながら、自分にぞっこんの青年たちを袖にする。だが青年たちはあきらめない。ある者は花を捧げ、ある者は歌を歌い、ベンチの隣に座って、「My fair《マイ・フェア・》 lady!《レディ》」と何度も何度もアプローチする。

ここまでくれば、観客にもこの寸劇の意図するところが見えてくる。役者たちもコーラスも、登場からずっと「My fair lady!《マイ・フェア・レディ》」以外のセリフを一切しゃべっていないのだ。しかしさて、それで舞台が最後までもつのか――? というあたりが、舞台監督の意図する見せどころらしい。

そしてついに、青年のひとりがレディにキスを試みる。それをきっかけに、他の二人もトールの手を握ったり、肩に手を置いたりして、不埒《ふらち》なそぶりを見せ始めた。三人がかりで絡みつかれて、さしものトールも身動き取れなくなる。「んまあ」とか「きゃあ」とか喚きたげな顔。

――駄目だ。本当にキスされる……!

エイドリアンが内心(やめろっ)と叫んで立ち上がった、その瞬間。

会場内に、とん! と軽い音が響いた。

ぽかん……と、数秒の間。

貴婦人のドレスに帽子姿のトールが、キスしようとした青年を一本背負いしたのだ。そして、目にも止まらぬ早業《はやわざ》で、残りのふたりも投げ飛ばす。どーん、などと無様《ぶざま》な音は立てない。「ふわっ」という擬音《ぎおん》が空中に見えるような、見事な投げ技だった。

――じゃあ、僕の腕前としてはまあまあ成功だな。

まだ声変わりする前の、幼いトールの声が、エイドリアンの耳によみがえる。

――五段くらいの人に技をかけられると、投げられた、という感覚もないまま、次の瞬間には床に転がされているそうだから……。

舞台上のトールが、観客席のエイドリアンに目をくれて、ぱちん、とウインクする。全員の目が、エイドリアンを見る。

そしてひと言。

「I'm fair lady!《アイム・フェア・レディ》（わたしはニセ淑女よ）」

すたすたと退場していくフェアレディ。床に倒れたままの三人が、断末魔のように「My fair lady!《マイ・フェア・レディ》」とうめいて、ぱたりと気絶。

一瞬の沈黙。そして、大爆笑。

続くカーテンコールは凄まじかった。腹を抱えて爆笑したままの者、スタンディング・オベーションに夢中な者、「My fair lady!《マイ・フェア・レディ》」と歓呼する者――。舞台袖では、監督役の生徒が滂沱《ぼうだ》の涙を拭《ぬぐ》っている。大成功だ。今年の小芝居は、近年まれにみる大成功で幕を閉じた。

そこから先はもう、大興奮のお祭り騒ぎだ。在校生も卒業生も団子《だんご》になって、生徒たちは美貌のヒロインを担《かつ》ぎ上げ、そのままの勢いで芝生の庭になだれ出た。

トールを担ぎ回しながら、誰もが笑っていた。それはトールが――松雪融が、ついにこの幾分排他的な学園に受け入れられたことを意味した。いじめられ、暴力を振るわれ、陰口を叩かれ、排斥《はいせき》されていたトールが、ついに他の生徒にリーダーとして認められ、勝利を得たのだ……。

（トール……！）

若者たちの上に、夏の陽光がきらきらと輝いている。誰からともなく歌い出されたのは、「ロンドン橋が落ちるよ」のナーサリー・ライムだ。向かい合わせに手を繋いだふたりの人間の腕が作るアーチの下を、生徒たちは上級生も下級生もひとつに交じり合って、行列を作ってすり抜けていく。

「London Bridge is broken down,（ロンドン橋が落ちるよ）
Broken down, broken down.（壊れて落ちる。壊れて落ちる）
London Bridge is broken down,（ロンドン橋が壊れて落ちるよ）
My《マイ》 fair《フェア》 lady《レディ》!（ぼくの綺麗なお姫様！）」

My《マイ》 fair《フェア》 lady《レディ》!……の下りで、腕のアーチががたんと落とされる。その時、腕の中に捕らわれた者が負け、というのが、この伝統的な遊びのルールだ。生徒たちはどうにかしてトールをその罠にはめようとするのだが、俊敏なトールはいつもすり抜けてしまう。

「おい、エイドリー！」
同級生がたまりかねたように叫んだ。
「お前の姫君を捕まえろ！」
言われるまでもなかった。エイドリアンは一〇〇メートル走のファイナリストのようにダッシュし、ドレスにヒール姿のトールを両腕で捕らえた。
「My《マイ》 fair《フェア》 lady《レディ》……！」

一瞬、すっかり汗で化粧の崩れたトールが、シニヨンの崩れたかつらの髪の中から、エイドリアンを見つめる。

「My fair lady《マイフェアレディ》……！」

ヒロインの腕が上がる。

瞬間、エイドリアンは一本背負いを覚悟した。だがトールの腕は、しっかりと首と肩に巻きついた。

「卒業おめでとう、エイドリアン」

抱擁《ほうよう》を交わすふたりを、生徒たちが取り囲み、わっと祝福の声を上げた。


買ったばかりの携帯電話が鳴ったのは、卒業式の一週間後のことだ。

エイドリアンはその時、ロンドン市内にいくつかあるローズカッスル家の別邸《タウンハウス》のひとつにいて、来るべき大学生活に備え、寄宿舎から運び込んだばかりの荷物の整理に追われていた。心当たりのない番号からのコール表示に、何となく胸が騒ぎつつ出てみると、相手は『トールだけど』と半《なか》ば予想していた名を名乗った。

どきん、と胸が鳴る。

「トール？　どうしたの？　今日、帰国便に乗るんじゃなかった？」

『それが悪天候で……』

と聞こえた瞬間、ヴィクトリア様式の窓の向こうで、バシャーンと空を裂くような音が鳴り響いた。

夕刻からこちら、イギリスの気候ではめったに見られない大雨が降っている。

「そうか、飛行機が離発着できなくなったのか。こんな大嵐のロンドンなんて、ぼくも生まれて初めて見るよ。まるで熱帯地方みたいだ」

『うん、やっぱり温暖化の影響で、気候そのものが変動しているのかな……』

「そうかもしれないね。君、怖くない？」

トールは『誰に言っているんだ』と失笑した。

『僕は極東アジア生まれだぞ。スコールや台風なんて年中行事みたいなものさ。けどやっぱり、欧州の人は慣れてないんだな。空港はひどい騒ぎだった』

「空港は、ってことは、今はどこか別の場所？」

『うん』

トールが答える。彼にしては、少し声が小さい。

『航空会社が、近隣のホテルを取ってくれて――』

ホテル、という単語に、どくん、と心臓が跳ねる。

『明日の昼ごろに臨時便が飛ぶまでは、まだこっちにいられそうなんだけど……』

「そ、そう……」

どくん、どくん、どくん……。

エイドリアンは、この心臓の音がトールに聞こえてしまわないだろうかと案じた。みっともない。こんなにガツガツと期待して。またトールに呆れられてしまう。だけど、でも、ああ神様――！

『マッコーキンデル・ホテル。一四一二号室』

スパイ映画じみた、低く抑えた感情のない声が、記号を読み上げるように伝えてくる。

「そ、それは」

エイドリアンは新品の携帯を握りつぶしそうになりながら応じる。

「それは、ぼくがそこへ行ってもいいってこと――かい？」

『……君に任せる』

告げるなり、ぷつん、と切れる。

ざぁー……と、雨の音。

――そこからホテルにたどり着くまでの記憶は、ほとんどない。

おそらくタウンハウスの執事かメイドに命じて、タクシーを呼ばせたのだろう。ホテルのドアが開いた瞬間、エイドリアンは「やあ」とも言わずに、目の前のトールにむさぼりついた。

ドアがばたんと音を立てた時にはもう、ふたりは体を絡ませ合い、音が立つほどのキスをしている。

「トール、トール……」

腕の中の、しなやかな細い体は、ひたすらじっとしている。

「トール……決心してくれた？　決心してくれたんだね？」

「うん……」

まだ困惑や迷いの気配を残しながらも、トールは頷く。

「覚悟、したよ……エイドリアン。僕は――」

――僕はいつか、君への愛と共に死ぬ。

興奮しきったエイドリアンの耳に、トールはそんな囁きを吹き込んでくる。

ひとたまりもない。

大量の雨水が窓を洗うように、エイドリアンの理性はきれいに押し流され、消え去った。

「ん、う……ん」

トールの瘦身をベッドに運ぶまでが、正常な思考の限界だった。後はもう、ひたすら夢中で、キスを交わし、乾いたシーツがかさかさと鳴る音を聞きながら、互いのすべての衣服を脱がし、脱ぎ捨てた。

「ど、どうしよう」

そこでふと、戸惑った声で呟いたのは、自分が貪欲《どんよく》になりすぎていることを危ぶんだからだ。

「どうしよう、トール――君を食べてしまいそうだ……」

すでに全裸に剝かれてシーツに横たわっているトールは、それを聞いてふふと笑った。

「どこからなりとも、My Load.《マイ・ロード》」

「トール……！」

「全部、君のものだ……」

その言葉通り、トールはひたすら従順にエイドリアンの仕草を受け入れた。どこに口づけを受けても、どこをいじり回されても、どんな姿勢を要求されても、決して逆らわなかった。

ただ、固く閉じたままの蕾《つぼみ》に指が触れた瞬間だけは――ローションを使ってくれと懇願《こんがん》した。自ら用意していたらしいそれの柔軟な容器を、トールは差し出させたエイドリアンの両掌の上でぎゅうっと絞る。

とろりとした、冷たい感触を、エイドリアンは確かめる。想像していた以上に、粘度が低い。水に近いほどさらりとしている。思わず疑わしげにトールの顔を見た。

「これ……使ったら、本当に痛くないの？」

「た、多分……。僕も、やってみたことがないから――」

「そ、そうだよね」

欲しいと言ったのは自分のほうなのに、何の準備も心づもりもしていなかったことに、エイドリアンは今さらながら自己嫌悪を覚えた。そして決意する。これからは彼に、どんな負担も与えてはならない。苦痛も、非難も、すべて自分が背負う。トールには、ただ蕩《とろ》けるほどの快楽と、幸福感だけを与えるのだ。

部屋に響く、陰《いん》に籠《こも》った、粘《ねば》り気のある水音――。

トールは、初体験の、他人の指に押し開かれる苦痛をよく耐えた。エイドリアンが自身の逸物《いちもつ》に避妊具とぬめりを纏《まと》わせながら、「入れるよ……」と囁いた時も、動揺した気配も見せずに頷く。

腰に力を込める。

ふたりの体が繋がる瞬間、ホテルの上空を、稲妻が切り裂いた。

トールが上げた声は、その音にかき消され……ただ、エイドリアンの胸に、腹に、腰に――細い体がびくびくとのたうつ感触だけが、永遠の記憶として刻まれた。

「トール……ぼくのトール……」

重く湿った、雨の音――。

「エイ……ドリアン……」

消え入りそうな涙声が、闇に沈んでいった。

空港は公共の場だから、別れる時はキスや抱擁はなし。

そう言い渡されてホテルの部屋を出る時、エイドリアンはひどく不満だった。

「――別に、キスだって頬にくらいなら問題ないし、同性同士の抱擁だって、空港なんだからよくある光景じゃないか……」

「駄目」

大荷物のトランクをごろごろと引きずりながら、トールはにべもない。

「雰囲気って、意外に周囲に伝わるものなんだよ。あいつらデキてるなって見破《みやぶ》られたら厄介《やっかい》だろう？」

「ぼくは言いふらしたいくらいだけどな」

「――そんなことをしてみろ。別れの挨拶《あいさつ》が握手から巴《ともえ》投げになるぞ」

さすがにそれは遠慮したかったエイドリアンは、不承不承、トールの要求を受け入れた。つまり、搭乗ゲートの前で、普通の友人同士として、握手を交わしたのだ。

嵐の過ぎたロンドンの空は、この国では珍しい、南国のような晴天だ。空の青が奇跡のように美しく輝いている。

「休暇が終わってこっちに着いたら、真っ先に電話して」

「ああ」

「真夜中でも構わないから」

「ああ」

「待ってる」

「――ああ」

「それから」

エイドリアンは告げた。

「君の手を離すのは、これが最後だ」

「……」

ふと胸を突かれたように、トールの目が瞠られる。

英国の新学期は九月から始まる。一時帰国するトールも、それまでにはまたロンドンへ戻ってくるだろう。学園での、最後の一年を過ごすために。

そうなれば――エイドリアンは頬がゆるむのを禁じられなかった。そうなればもう、トールは永遠にぼくのものだ。たとえ彼が故国での進学や人生を望んでも、今さらもう、そんなことは許さない。

自分たちは、そう誓いを立てたのだから。

ふたりの手が離れる。

隠そうとして隠しきれずにいる涙に潤《うる》むトールの目を見つめて、エイドリアンは彼が禁を破ってくれないかと期待した。キスと、抱擁と――熱い愛の言葉を。

だが期待は叶えられなかった。トールは真っ赤に染まった顔を俯け、さっと身をひるがえして、飛行機に搭乗する群衆の向こうへ駆け去ってしまったのだ。

「トール！」

そりゃないよ――とエイドリアンは茫然と見送る。次に浮かんだのは、大胆不敵《だいたんふてき》なくせに、いつも肝心なところでシャイな恋人への苦笑いだ。
ひと月。たったひと月じゃないか。
胸を嚙む寂しさを、彼はそう自分に言い聞かせて耐えることにした。

——だが。
これを最後に、トールがロンドンに戻ってくることはなかった。ひと月後の新学期、エイドリアンにもたらされたのは、松雪融が学園に退学届を出し、連絡を絶ったという、信じがたい知らせだった……。

ぼーぅ……と汽笛が鳴り響く。

高らかなその音色に、エイドリアンはハッと正気に返った。

「あれ……」

瞬間、時間の感覚を失う。確かさっき、この船はル・アーヴル港に入港したはずだ。なのに日はすでにとっぷりと暮れ、眼前には星空が広がり、船はふたたび大海原を疾走している気配だった。そんなに長い時間が、いつの間に経ったのだろう——？

それに、ここはどこだ？　どうしてぼくは、こんなところに寝転がっている？　やけに寒い。寒い。寒い。凍えそうだ——。

「四月のアイリッシュ海でうたたねなんかして——」

不意に視界の上に、ひょっこりと顔を出した者がいる。

「凍死する気かい？　ロード・アップルトン」

エイドリアンは目を瞠り、がば、と起き上がった。

「トール……」

そうだ、彼だ。十年前のあの日、なにも言わずに消えてしまった恋人。そして十年後の今日、突然「久しぶりだね」と、何食わぬ顔で目の前に現れた男だ——。

『あ、ああ……君か——トール……』

あまりの衝撃に茫然としつつ、差し出された右手を握っていた。後は出航準備の慌ただしい中で、『今はどこでどうしているの？』『アメリカで、商社に勤めているんだけど、ちょっと仕事に疲れちゃってね。長期休暇を取ってセラピストのすすめで、ＰＣもスマートフォンも持たずに世界旅行中さ

――』などという、ごく普通の再会した友人同士のような会話を交わしただけだ。それから、ええと……。

「おい、何をぼーっとしているんだ?」

目の前のトールが、眼前で手をちらつかせる。見れば自分もトールも、蝶ネクタイにカマーバンドまでつけた正式のタキシード姿だ。それを見て、エイドリアンは、ようやく現在の記憶を取り戻す。

――そうだ、今夜は航海初日を記念してのウェルカム・パーティだったんだ。自分はそこで、ちょっとばかりシャンパンをきこしめしてしまって、会場の雰囲気をぶち壊しかけ、ボーイにやんわり会場から追い出されたんだった。それで酔いを醒《さ》まそうと、甲板に――。

「ほら立って」

叱りつけるように告げるなり、トールはエイドリアンの腋下《えきか》に頭を入れて、ひょいっと自分よりも長身の男を立たせてしまう。相変わらず、小柄なくせに力持ちだ。いや、他人の体を扱うのに慣れているというべきか。

ゆらん……と船が揺れる。最新式の、完全コンピューター制御のバランサーを装備しているとかいうのが売りの船のくせに、看板に偽りありだ。いや、揺れているのは自分自身の頭の中か……?

ふたり諸共《もろとも》、よろ、とよろめいて、トールが、ちっ、と舌打ちする。

「こら、しっかり歩けよMy Load《マイ・ロード》.。部屋までは連れて帰ってやるから」

「……!」

かつての恋人が放ったMy Load.の言葉に、思わず体がびくりと反応する。トールにもそれは伝わっただろう。だが彼は、気にした様子もない。

――どこからなりとも、My Load.――あの夜自分が、どんな時にその言葉を使ったのか……）

（忘れてしまったのか――？ だとしたら、酷薄に過ぎる。エイドリアンにとってあの一夜は永遠だった。十年間、一度も忘れたことはなかった。理由もわからぬままにトールを失ったのだと悟った後も、幾度も幾度も思い出し、反芻《はんすう》した、大切な愛の記憶だった。孤独に苦しみ、涙にくれる夜を、その記憶ひとつを命綱に、やっとの思いで越えてきたというのに――。

エイドリアンのスイートルームは船内居住区最上階の七階にある。トールは酔っ払いを器用にエレベーターに乗せ、到着すると、豪華な壁紙に装飾された廊下を、引きずるように歩かせた。

「まったく――ただでさえまだ船の揺れに慣れない航海初日なのに、そんなに飲んじゃ、明日は船酔いと二日酔いが重なって最悪だぞ？」

「――いーんだよ。豪華客船の旅を楽しむコツは、船酔いする前に酒に酔っちまうことなんだから」

トールはため息とともに肩をすくめた。

「……堕落と退廃《たいはい》の極みだな」

接した体のぬくもりを感じながら、エイドリアンは自分の胸元にある象牙色の顔を、じっと見つめる。

十年の時を経て、性別不明の美貌は鋭さを増し、すっかり一人前の男のそれに変じている。だが、相変わらず美しい。

（ああ……）

胸が痛い。締めつけられる――。

突如《とつじょ》、エイドリアンはトールを振り払い、どん、と音を立てて乱暴に、廊下の壁面に押しつけた。

あからさまにキスを奪おうとする仕草に、だがトールは何のつもりなのか、逆らおうともしない。底知れぬ深い目で、ただ静かに、こちらを見つめ返してくる。

（何を考えている……？）

昔から今ひとつ考えの読めない男だったが、今はそれに拍車がかかったかのようだ。そこがまた、あの頃のエイドリアンにとっては、たまらない魅力だったのだが——。

「トール……」

酒臭い息を吐きながら、なめらかな顎に手を添え、上を向かせて……。

不意に、チン、とエレベーターの到着を告げる音がした。体を離そうとして、間に合わない。

「おっと」

エレベーターから降り立った老紳士は、ふたりを見て身をのけぞらせた。老人といっても、老齢を示すものは見事な白髪だけだ。恰幅《かっぷく》がよく、赤ん坊のように艶々《つやつや》した顔色をしているのは、エイドリアンと同様にアルコールの効果だろう。

「こりゃ、えらい場面に遭遇してしまったな」

ははは、と笑う。男同士のラブシーンを前にして、動揺した様子もないのは、年の功か、よほど鷹《おう》揚《よう》な性格なのか。

「失礼」

トールは絡みつくエイドリアンを押しのけ、沈着冷静に応じた。

「彼は少し酔っているので——驚かせて申し訳ない。ほら、エイドリアン」

キーを寄越せ、と手を出し、ドアに読み込ませて、かちゃりと開いた部屋の中に押し込む。

どさん、と音を立てて、エイドリアンはキングサイズのベッドに倒れ込んだ。「う〜ん」とうめきながら、意識の中で、部屋を歩き回るトールの靴音を追う。

冷蔵庫を開く音。カラン……と瓶《びん》が鳴ってドアが閉じ、彼の身軽な気配がこちらへ近づいてくる。

「ほら、ミネラルウォーター。体起こして」

「やだ……」

「寝たまま飲んだら気管に誤嚥《ごえん》するだろ。ちょっとでいいから、起きて」

「――瓶のまま飲むのは嫌だ。グラスに入れて氷を落として、レモン果汁でフレーバーをつけてくれなきゃ……」

はぁっ……と、ため息の音。

だが間もなく、からんからん……と、グラスに氷を落とす音がし始める。呆れつつも、酔っ払いのわがままを叶えてくれるつもりらしい。何だか温いようなくすぐったいような気分になって、エイドリアンは口元をゆるめる。

――そうだ、彼は年下のくせに、よくこうしてぼくの世話を焼いてくれたり、甘やかしてくれたりする子だった。懐かしい……。

「ねぇ、トール」

ゆらん……と揺れる感覚に身を任せながら、囁く。

「十年間も――どこに行っていたの？」

当然の問いかけに、だがトールの反応は思いがけないものだった。ガツン、と大きな音を立てて、ミネラルウォーターの瓶を取り落としたのだ。

そのまま、ゴロゴロ……と床を転がる音。

「ぼくはずっと、ロンドンで、君が帰って来るのを待っていたのに——どうして帰って来てくれなかったの——？」

「……！」

唖然《あぜん》とし、息を詰めて、こちらを窺う気配。ああやっぱり……とエイドリアンは心の痛みを噛みしめた。

（やっぱり、十年前のあの出来事は、彼にとってはもう、触れて欲しくない、思い出したくもない黒い過去なんだ——）

トールがいなくなった、あの後——。

彼の退学を知らされた時、エイドリアンは大学生活を半ば放り出して、トールの消息を追い求めた。だがしかし、判明したのは、学園の教師たちも退学理由の詳細は知らず、すでに彼とは連絡の手段もない——ということのみだった。個人情報保護を理由に、トールの日本での住所や電話番号は教えてもらえなかった。

それを自力で人を雇って調べることができたのは、どうにか大学を卒業し、ローズカッスル家の一員として家業に参画《さんかく》するようになってからのことだ。だが、その時にはすでにトールは実家であるマツユキ家にはおらず、数年前、日本を出国して以来の消息は、家族も知らない——という、無残な結果が判明したのみだった。

（……トールは）

調査結果の書類を床に零しながら、タウンハウスの書斎で茫然としていたことを、エイドリアンは憶《おぼ》えている。

(トールは、自分で、自分の意志でいなくなったんだ。気が変わって、ぼくのそばに帰って来るのが嫌になって、姿をくらましたんだ——)

それは、恋しい人に繋がる最後の希望の糸が、ぷつりと断ち切られた瞬間だった。

トールが退学したのは——ロンドンに戻ってこなかったのには、何かやむにやまれぬ事情があったに違いない。トール自身はぼくのそばに戻りたいのに、どうしても戻れない理由があるのだ。そうに決まっている——。

想い人が恋しくて眠れない夜に。その面影を夢に見て、それが夢だと知った朝に。

エイドリアンは幾度も幾度も、自分にそう言い聞かせてつらい孤独の時間を耐えてきた。だが、トールが自分の意志で故国を出国しながら、ロンドンには戻らなかったという事実を知らされた瞬間、その呪文は効力を失ったのだ。

失恋の痛みを消す効力を——。

(トールは……ぼくを捨てたんだ)

エイドリアンは、その苦しみにひとりで耐えた。パブリック・スクール時代の仲間には半ば公認だったとはいえ、彼らはエイドリアンとトールの間に肉体関係があったことまでは知らない。誰にも話すことなどできなかった。ひとりで、苦しさと孤独に耐えるしかなかったのだ。

(ぼくはトールに捨てられたんだ……)

エイドリアンにとって、愛した人に捨てられる経験は二度目だった。ひとり目は愛人のもとに走り、今も父とは書類上だけの夫婦でいる母。そしてふたり目がトールだ。どちらも美しく誇り高い人で、どちらも、自分の人生とエイドリアンを秤《はかり》にかけた時、エイドリアンを選んではくれなかった――。

「君はぼくを裏切ったんだ……でもね」

寝返りを打ち、茫然と枕元に立つ気配に、手を伸ばす。

「でもぼくは、決して君を恨んではいないよ――」

握り込んだ手首は記憶よりも骨の感触がごつくなり、カラーにはカフスボタンをつけていた。社会の一線で働く、一人前の男の手だ。

「あの頃のぼくは、自分では一人前のつもりでも、まだ未成年だったものな。少し冷静になれば、君が自分の人生や将来を託すのに、不安を覚えたとしても無理はない――」

「エ……イドリアン……」

「それに……十年も昔のパブリックスクール時代の悪戯《いたずら》なんて、もう時効だし……」

そうだ。常識に照らして考えれば、あの一夜は「若気の至り」とか「青春の過《あやま》ち」とかいう部類のもので、堂々と語るには照れくさく気まずい、だが誰にでもある過去でしかないのだ。不意に再会した時、「久しぶりだね」と、何事もなかった旧友のように挨拶して接してきたのだとしても、それはまっとうな大人の態度というもので、相手の忘却に傷つくエイドリアンのほうがどうかしている――。

「だから君が、どうしてぼくを捨てたのかは、もう聞かないよ。でもね、トール」

むっくりと、エイドリアンは体を起こす。

「憶えてるかい？　あの時ぼくが、君の手を離すのは、これが最後だ――って言ったこと――」

ゆらん……と船が揺れる。大理石の床に落ちた瓶が、ころころ……と音を立てて転がっていく。

「あの言葉に――時効はないよ」

トールはかすかに、手を震わせている。

「来て」

エイドリアンはその手を引いた。乞《こ》うように、甘えるように――罰するように。

するとかつての恋人は、引き寄せられるまま、自ら顔を傾けてエイドリアンの唇を受け入れ――素直にタキシードの上着を脱ぎ落とした。


十九世紀の登場以来、人々が巨大客船に魅了されてきたのは、適度に揺れるその内部の感覚が、母体を思わせるからだという。

母の思い出というものをろくに持たないエイドリアンに、その感覚は理解できないが――巨大な船体に包まれた場所で、愛しい相手と交わるのは、確かに地上の情事にはありえない、極上の心地よさだった。

「トール、トール……」

人の肌とは、こんなにも熱いものだったろうか。

人の鼓動《こどう》とは、こんなにも愛しいものだったろうか――。

「トール……ああ……」

貝殻骨《かいがらぼね》に幾度も口づけながら、悩ましいため息を零す。

なめらかな起伏を描くトールの背は、ただただ美しかった。おそらく今も、何らかの方法でトレーニングを積んでいるのだろう。薄く張りつめた皮膚《ひふ》の下に、熱量の高い鍛《きた》え上げた筋肉の存在を感じる。

最高級のサラブレッドみたいだ――。

エイドリアンは驚嘆《きょうたん》しながら、その感触を全身で味わう。トールは、それを許してくれた。どれほど深く抱きしめようと、エイドリアンの手や唇がどこに触れようと、びくりと慄きはしても、決して拒もうとしない。

――十年前と、同じように。

「トール……」

すでに粘液が垂れ落ちるほどになっている自身の先端を、彼のつぼんだ箇所に押しつけ、こじる。入れたい、と乞う仕草に、トールはふわりと瞼を開き、「生で入れたい……？」とため息のような声で問う。

「トール……」

その言葉に、小さく、つきりと心に痛みが走る。

（誰かと比べられた……？）

いや、「誰かと」じゃない。少なからぬ数の「男たち」と、だ……。

（トールは……この十年、色んな男に抱かれていた――？）

それも、時には避妊具《ゴム》も使いたがらないような男たちと……？

「まさか」と答えつつ、名残惜《なごり》しくトールの背から離れ、ベッドサイドの引き出しから、頭痛薬などの常備品に混じったチューブタイプの潤滑クリームと、避妊具の小さな包みを取り出す。

「トール……楽な姿勢でいいから」

自分の支度《したく》を済ませ、珠玉のような臀部《でんぶ》を撫でて、促《うなが》す。

「力抜いて、息を吐いていて」

「ん……」

すらりとした足がシーツを蹴り、トールはうつ伏せのまま、心もち腰を持ち上げた。男がしやすいように、自らを差し出す姿勢――。まるで男娼のような。

エイドリアンは再度、つきりと痛みを感じる。

（考えるな。そんなこと）

目を閉じて、ぶんぶん、と首を横に振る。そして指に、クリームをひねり出す。

（この十年、トールがどんな男と――もしかして女性とも――寝ていようと、それを責めるなんて、紳士のすることじゃない。第一、ぼくだって、こんなものを使うことを憶える程度には、この十年間色々あったじゃないか）

エイドリアンの場合は、むしろ精神的な意味で、トールに操《みさお》を守っていなかった。トールを忘れるために、周囲や親族の勧めるまま、何人かの女性と交際し、心やさしい相手とは、結婚を考えたことも一度ならずある。

だがいつも、それは彼女たちからの別離によって破綻《はたん》してしまった。交際が深まるにつれ、女性たちはエイドリアンの中に、何か自分を託せないものを見つけてしまうのだ。「あなたは私を想って下さらない。うわべだけのやさしさはもう沢山」……はっきりそうと告げられて去られたこともある。

（やさしくしないと）

苦い思い出と共に、エイドリアンは念入りに、指にクリームをまぶれさせる。

(トールには、誰よりも、やさしくしないと——)

そうしないと、また自分は捨てられてしまう。愛想を尽かされてしまう。母親に、トールに……恋人たちにそうされてきたように。

「トール……」

差し上げられた尻を労わるように撫で、まだきゅっとつぼんだ形に閉じている場所を開く。指で触れると、生理的な反射で「いや」というように、さらに小さく縮まるのが愛らしい。

エイドリアンはそこに、恭しい口づけを捧げた。貴婦人の手に触れる、騎士のそれのように。

「——あっ……?」

ひどく戸惑った顔で、トールが振り向く。

「エ、エイドリアン……駄目、それは……」

「どうして?」

ねろり、と舐《な》める。「ひあっ」と悲鳴じみた声。

「馬鹿っ——シャワーも浴びてない相手のそこを、そんな……」

「この船のトイレは全室ビデつきだ。日本人の君が使っていないわけがないだろう?」

だから平気、とばかり、ちゅっと吸ってやる。返ってきたのは、か細く震えるような、「馬鹿っ……」という声だ。

「馬鹿はひどいな」

君を喜ばせたくてしていることなのに、と呟く。その呟きを、舌と唇で、ひくつく孔《あな》に塗り込めると、細腰がびくりと震えた。

「……っ」

うつ伏せたまま、息を詰めて、羞恥《しゅうち》をこらえている気配。エイドリアンは、その背を後ろから抱くように覆いかぶさり、腰を抱きかかえ――前を探った。

「あ……っ」

大きくはないが形のいい性器を、掌で包む。同時に、クリームのぬめりを帯びた指を一本、ひと息で根本まで貫き通す。

「ああっ……」

前後を同時に愛撫《あいぶ》すると、トールは苦悶の様を見せた。悶《もだ》えて、嫌がる。腰が逃げる。

「トール……痛い？」

「う……」

顔を歪めながら、首を振る。否定の仕草――。

「無理しないで、トール――痛いなら痛いと言って」

「平気――だよ」

「本当に？　我慢できる？」

「大丈夫……だから」

苦しそうなのに、ふ、と笑う気配。

「君はやさしいな――ロード・アップルトン」

エイドリアンは一瞬、鼓動が止まるのを感じた。まただ。また、どこかの男と比べられた――。

「ひあっ……！」

トールが悲鳴を上げたのは、乱暴にされたからではない。逆だ。エイドリアンはトールの、わずかにほころんだ蕾《つぼみ》を、舌と口で猛然と愛撫し始めたのだ。ぐぎゅうっ……と音がしそうなほどに粘膜の狭間に舌を突き込み、中をなぶり、ねじると、「うあぁっ……！」とたまらなそうな声が上がる。

「や……やだ……」

すすり泣く声。

「エ、エイドリア……いやだ……それ、やめ……！」

いい声だ——とエイドリアンは淫靡《いんび》な悦《よろこ》びに満たされる。トールの……君の、本当の、心からの声だ。ああ、やっと君の心に触れることができた——！

「いやっ……いやぁ……ッ！」

トールがもがく。もがいて、逃げようとして——崩れ落ちる。もう遅い。その下半身は、深い快楽の淵《ふち》へ陥《おちい》ってしまった。もう逃げられない。——逃がさない。

トールがすすり泣きながら大人しくなるまで存分にねぶり上げ、舌をずるりと引きずり出す。そして、クリームを足した指を二本揃えて差し入れた。やわらかく蕩かされたそこは、スッ……と素直に指を飲む。

舌が届かなかった奥まで貫通させ、グチュグチュと音を立ててかき混ぜる。

「あ……！　ア——ッ……！」

ひときわ甲高い声。びくびくと、腰が跳ねる。エイドリアンは容赦《ようしゃ》なく、そのままトールを手の中で射精するまで責め上げた。

熱い精の華が掌に咲く。

陥落《かんらく》の証《あかし》のように――。

ひくり――とトールの喉が鳴る。男に腰を抱えられたまま、恥辱《ちじょく》にまみれて震える姿を、エイドリアンは翠玉の目で見つめた。

「まだだよ、トール」

物やわらかな声で告げる。

「まだ、序の口だ――」

ふくりと咲きほころびかけているつぼまりに、ひたりと先端を当てる。ぐるりとこじって、含ませる。

「う、っ――」

本能的な、巨大な異物の侵入を拒む反応が、エイドリアンのものを押し出そうとする。だが一方で、トールは従順に、男の次の動きを待っている。

その顔の前に、エイドリアンはばらりと、ありったけの避妊具の包みを撒《ま》き散らした。今時はホテルの部屋にも船室にも、箱で常備されているのだ。

「覚悟はいいんだね？」

ふふ、と笑うやさしい声の奥に、男の剝き出しの欲望を感じたのか、トールの背筋がぞくんと戦慄《せんりつ》する。

――今までにトールを抱いた男のような、非道な真似はしない。だがその代わり。

「君のすべてが、ぼくのものになるまでやめないよ」

「――！」

漆黒の目が見開かれる。

どんな風に抱かれるのか、トールはこれまでのエイドリアンの仕様から、もう予想しているだろう。やさしい、だが凶器のような愛撫で、泣いて容赦を乞うほど責められるのだ――。

ゆらっ……と船が揺れる。

ぐちゅ……とくぐもる挿入の音。「う」と呻く声。奥までしっかりと貫き、また引きずり出す。ゆっくりと、素早く、緩急《かんきゅう》をつけ、一度ごとに角度を変えて、やわらかい腹の中を、酷《むご》くやさしくえぐる。

「あっ……あ、ふ……っ、うっ……う、あう……っ」

エイドリアンが身を引くごとに、たらり、とトールの白い内股を粘液が垂れ落ちる。幾筋も、次々と垂れる。責める側と責められる側、ふたつの膝頭の埋まるシーツが、したりしたりと濡れていく。

「うぁ……っ……いや……！　深い……！　いやぁ……！」

ベッドに手を突き、ひたすら男の動きを受け止め続けるトールの、哀れな声を聞きながら、エイドリアンは背を反らせ、目を閉じて酔う。

「トール……トール……」

熱い――。

熱い腸《はらわた》の中で、さらに熱い自分の性器が、硬く凝《しこ》っているのがわかる。熱い。熱い。何もかもが……。

「あっ……あっ、あっ……」

トールもまた、絶え間なく声を上げている。苦しげな、それでいてたまらなく悦《よ》さげな声で「ゆるして――」と乞いながら。

「ゆるして、もうゆるして――！　エイ、エイドリアン……！」

素敵だ。たまらない。あまりの嬉しさに、エイドリアンは際限なくトールの中をかき回した。トールが感じている。自分も感じている。嬉しい、なんて嬉しい――！

ひきつりねじれる白い背筋が、眼下で海原のようにうねり、たゆたっている。不意にそれが愛しくなり、エイドリアンは身を伏せて、浮き出る貝殻骨に口づけた。

「ああっ……！」

中の角度が大きく変わって、感じたのだろう。内側から急所を突かれた衝撃に、トールはぎゅっ……とエイドリアンを締めつける。

「――ッ！」

声にならない歓喜の雄叫びが、反った喉仏を蠢《うごめ》かせる。エイドリアンはトールの内に、トールは自らの腹に――男の悦びを放ち遂《と》げた。

そして次の瞬間、がくり、と崩れ落ちる。

ゆら、ゆら……。

「トール……トール……」

エイドリアンは、くったりと投げ出された体に、口づけを繰り返す。

「My fair lady《マイ　フェア　レディ》……」

生まれたままの姿で打ち重なるふたりを乗せて、月の女神の名を持つ船は、夜の大海原を進んでいた――。

ざ……と、波の音。

いや、正確には、船が波を蹴立てる音だ。

プライベートデッキから差し込む朝日の眩しさに、融はキングサイズベッドの上で身を捩《よじ》った。

エイドリアンの姿はすでにないが、シャワーを使っている音がする。愛の行為はしつこくしつこく続いて、つい先ほど、ようやく体を離してくれた直後に、「ゆっくり眠っていて」とキスを残していったような、ぼんやりした記憶がある。

「うっ……く」

肘を突いて、やっとの思いで寝返りを打ち、はぁ、とため息。

(凄かったな――)

なまじ日頃から荒淫《こういん》を貪《むさぼ》っている人間より、清く正しい生活を送っている人間のほうが、身体壮健な分、絶倫に近いセックスをする。予想していたことだが、まさにエイドリアンはそれだった。正直……というか困ったことに……すごくよかった。十年前もそうだったが、この松雪融とした〔こと〕が、本気でよがらされてしまった――。

(それに、ゆうべは)

目を閉じる。

(僕も――どうかしていたし……)

『十年間も――どこに行っていたの？』

言葉つきこそやわらかかったが、エイドリアンの酔眼には、はっきりと裏切りを咎める色が潜んでいた。恨み深い、愛に傷ついた目だった。

『ぼくはずっと、ロンドンで、君が帰って来るのを待っていたのに――どうして帰って来てくれなかったの――？』

「なんてこった……」

シーツに零れるような、呟き。涙がひと滴《しずく》、その後を追う。

「彼が何も知らなかったなんて――」

『この恥知らずめがァッ！』

脳裏に響き渡ったのは、十年前に浴びせられた、父の怒声だ。

『貴様それでも松雪の姓を名乗る男かァッ！　まんまと堕落した貴族のボンボンにもてあそばれおってェッ！』

『父さ……』

『いいかよく聞けこの馬鹿息子めが！　あちらの人間など、いくら口先で甘い言葉を弄《ろう》しようと、腹の底では東洋人など人間だと思ってはおらんと、あれほど言っておいただろうが！　現に見ろ！　貴様と寝た相手は、こうして大学進学を前にして手切れを言い渡して来たではないか！』

『違う……！　エイドリアンは、エイドリアンはそんなことはしない――！』

『ではなぜヘーゼルウッド公爵が、孫が貴様と肉体関係を持ったことを知っているのだ！　当の孫自身が、貴様と寝た後で、自分の将来に禍根《かこん》が残るのが怖くなって、手を切らせてくれと祖父に泣きついたからに決まっておるだろうが！』

『……！』

『まったく、何ということだ！　妾腹《しょうふく》とはいえ、この松雪家の血を引く男子が、英国貴族などに陰間《おかま》にされるなど——！　やはりあの女に養育させたのが——いや子を生ませたのが間違いだったわ！　貴様など、さっさと堕胎《だたい》させておけば——！』

　思い出したくもないことまで思い出しそうになって、融はぶるりと首を振る。とうに縁を切られた——切った親の記憶など、今さら律儀《りちぎ》に反芻《はんすう》する必要などない。これを最後に、二度と思い出すこともないだろう。

（だって——彼は無罪《ノーギルティ》だったんだから……）

　父の憶測とは逆に、エイドリアンは融が自分を捨てたと思っていた。つまり自分たちはこの十年間、互いに誤解し合っていたのだ。父に吹き込まれて以来、長年胸にくすぶっていたどす黒い疑いは、実体のない幻だったのだ——。

「よかった……」

　深く安堵の息をつく。よかった。これでもう彼を恨まずに済む。それだけでも、だいぶ気が楽になった。目的の半分は果たせたのだ……。

　穏《おだ》やかな気持ちでぼうっと横たわっているところに、キィ、と軽い音を立ててバスルームのドアが開く。

「おはよう」

　上から覗き込んできた上機嫌の顔が、融を見て、さらににへらと笑み崩れる。

「ベイビーちゃん、まだおねむかい？」

甘く囁かれながら頬をつつかれて、初めて融は、自分が赤ん坊のように親指をくわえていることに気づく。

「――っ」

カッ――と頬が熱くなる。これは恥ずかしい。咄嗟に引っ張り上げたシーツで顔を覆おうとして、融はその手をエイドリアンに摑まれた。

「トール、真っ赤だ」

「う、うるさい……！」

「隠さないで。かわいいのに」

「見るなっ」

融は本気でじたばたと抵抗した。やめてくれ、朝っぱらからこんな甘ったるいやりとりをしていること自体、こっ恥《ぱ》ずかしくて死にそうになるのに――！

それなのに、色ボケ真っ最中の貴公子は、ハンサムな顔を輝かせて「ゆうべの君は――」などと口走ろうとする。

融はその顔面に、巨大なピローをぼふんと叩きつけてやった。

「ぶ！」

「このっ、このっ、このっ……！」

「わっ、ちょ、トール！　トール！」

積年の恨みを込めて叩き続ける。

——誰のせいで、誰のせいで、誰のせいで……！

ぼふぼふと叩かれて、エイドリアンはだが、ちょっと困った顔をしつつも笑っていた。

「ひどいな——これがトールのキスかい？」

さらっと「トスカ」のセリフを引用しつつ、巧みに身を引いて逃げる。ああもう、憎ったらしい——！

「シャワー借りるよ！」

融はピローを投げ出して、よたつく足腰を叱咤《しった》し、ベッドから降りて歩き出す。後ろからエイドリアンの視線が追いかけてきて、「ここ、バスタブがあるよ」と告げられる。

「お湯をためて、ゆっくり浸《つ》かるといい。日本人はそのほうが好きなんだろう？」

「そうするよ！」

スイートルーム仕様ではあっても、どうせ追い焚《だ》き機能のないバスだが、シャワーだけよりはマシだ。贅沢三昧のＶＩＰ用アメニティも、とことん使い倒してやる。

さすがの新造船は、バスルームの湯量も排水設備の機能も申し分なかった。入浴剤も数種類用意されているが、融はあえて最初は何も入れないお湯に身を浸《ひた》す。

体が温まるにつれ、はぁ……とため息が漏れる。

ぴちゃん……と水の音。ゆらん……と揺れる感覚。

「馬鹿……」

呟いたのは、ともすれば甘い空気に浸りかけてしまう自分に対してだ。何なのだ、さっきのあの、頭に花が咲いたようなやりとりは。あれではまるで、デキたての本物の恋人同士じゃないか……。

多分、お幸せなエイドリアン坊ちゃんは、首尾よく昔の恋人とよりを戻したつもりなのだろう。だが違う。融がエイドリアンを裏切ったのは十年前ではない。今だ。今まさに、融は仕事のため、目的のために彼と体を重ねたのだ――。

だがそう思った瞬間、ずきん、と胸が痛む。本当にそうか？　違うだろう、と自分自身に異議申し立てをするかのように。

――違うだろう。お前の目的は、仕事なんかじゃない。本心を偽《いつわ》るな。お前こそ、浅ましくも昔の男が恋しかっただけだろう？　ええ？　淫乱な枕探偵のトール・マツユキ……。

(厄介だな)

ばしゃり、と顔に湯をかけて、自嘲する。

(本当に厄介だ。この、執着ってやつは――)

昨夜、図らずも判明した通り、彼が例の件に無関係だとしても、今はもう互いの立場が違うのだ。十年前のあの頃に、戻れるわけもない。

なのに、今さら自分は、何を期待しているのだ。何の希望を、持ち始めているのだ――。

「トール、トール」

こんこんこんこん、とノックが四回。

「いい加減、上がっておいで。朝食のルームサービスが来たよ」

君の好きな、イングリッシュブレックファーストだよ〜、と、頭にピンク色の血が上っているのが可視化できそうな声で、エイドリアンが告げてくる。

それに「ああ」と返事をしながら覚えたのは、真っ黒い絶望感だ。

騙《だま》した自分と、騙された彼。ふたりの間の、この落差。この深い溝《みぞ》――。

――この純真無垢《むく》な青年と、本当に心を分かち合い、愛し合える日は、もう永遠に来ないのだ――。

唇を噛みしめて、融は裸体を湯の中から引き上げた。


別にせっせと運動したからというわけでもないが、エイドリアンも融も朝から――時間的にはもう朝食兼昼食《ブランチ》に近かったが――食欲旺盛だった。日本人味覚の融には、さっぱりしたサラダかフルーツがないのがやや不満だったが、カロリーたっぷり脂質もたっぷりのベーコン、ソーセージ、オムレツ、パンにバターは申し分のない味で、バスローブ姿のふたりによって次々に消費されていった。

目的を果たした融にとっても、無論悪い気分の朝ではない。だが食後、英国人お決まりの紅茶をたしなみながら、第三寄港地のアイルランド・コーヴに入港してゆく景色を窓から眺《なが》め、

「ああ、幸せだな……」

などとのたまい、とろんと溶けるハンサム顔を見て、融はそこにオレンジジュースをぶっかけてやりたい衝動をこらえるのに、ひどく苦労した。

――そもそも誰のせいで、僕がここにいると思っているんだ……。

この時点で、融はすでに確信している。

――「A・ディアーナ」号につき、重大な犯罪が企まれている。注意されたし――。

(こいつだ……あの手紙を書いたのは、絶対にこいつだ……)

めでたく解決の糸口を掴んだというのに、だが融はまったく心が弾《はず》まなかった。むしろ頭が痛い。

世間知らずの呑気《のんき》な坊ちゃんが、分不相応なことに手を出して——と、ため息をつきたい気分になる。

エイドリアンとの交友の中では、昔から一再ならずあったことだが。

(またこいつが、いっつもそれなりの正義感からやらかしてくれるだけに、始末に困るんだよな——)

パブリック・スクール時代も、エイドリアンは厳しい人種差別に晒される融を、幾度も守ろうとしてくれた。だが、一度とてそれが融の助けになったことはなかった。呆れて困り果て、何度絶交を言い渡してやろうと思ったか知れない。だが結果は、恋をしている、などと告白されて、あまりに一途《いちず》な彼につい絆《ほだ》されて、情が湧いて——ついには十年経ってもこの始末だ。まったく、進歩のない……。

ふぅ、とため息をついたその時、かちゃんとカップをソーサーに戻したエイドリアンが、不意に「トール……」とビターチョコのような甘く深い声と共に、手を伸ばしてきた。また何か変なスイッチが入ったらしい。

テーブル上の手を取られて、「この十年間、ぼくは……」などと囁きつつ、不埒な気配を漂わせる翠玉の目に見つめられたその時、ドアがノックされた。「なんだ?」と不機嫌な貴公子は、バスローブ姿のまま堂々と出て行く。

無論トールは姿を見られるわけにはいかない。ドアの位置から見通せない場所に身を隠していると、エイドリアンが「どうしたの?」と涼しい顔で戻ってきた。

「隠れなくったって大丈夫、ポーターだったよ」

「……」

従業員になら、部屋に男を引っ張り込み、しかもバスローブ姿でいるところを見られても平気、というあたりが、貴族の貴族たる所以《ゆえん》だ。自分より下の立場の者に対して、羞恥心というものがない。

そもそもひとりで乗船した部屋に、ふたり分のブランチを頼むこと自体、「ゆうべ同衾《どうきん》した相手がいました」と公言するようなものだ。この長期クルージングの間中、噂話のタネになる可能性を、いったいこの坊ちゃんは考えているのかどうか――。

融は皮肉を言ってやった。

「ゆうべ君が悪酔いしていたから、急性アルコール中毒で死んでやしないか、確かめに来たんじゃないのか？」

「それはないよ。港にぼく宛ての郵便物が着いていたんだって。ほら」

指の間に挟んで見せたそれは、いかにも貴族間でやりとりされそうな、古式ゆかしい封書だった。紅い封蠟に、茨《いばら》のつるの絡む塔をあしらった印章が押されている。

茨のつるの絡む塔――つまり、「ローズカッスル」だ。

エイドリアンはその封書を、中を見もせずにびりりと裂いた。親の仇《かたき》のようにぐしゃぐしゃと丸め、ダストボックスに叩きつける。

そして、ただ目を瞠っている融に、にこりと笑う。

「おじい様さ。どうせまた説教の手紙なんだ。今度はどこの家の令嬢に会えって言うんだか」

「……」

決定的だ。頭の中に描いていた漠然とした図式に、次々と状況証拠が当てはまっていく。

融はバスローブの帯をほどき、歩きながら前を開いた。

「トール？」

「部屋に戻る」

「――えっ」

「僕の服……ああ、なんとか着れそうだ」

床に脱ぎ捨てたタキシードジャケットは手入れが必要な状態だったが、まあシャツとトラウザースが無事ならどうにか、と頷いていると、エイドリアンが「待って」と血相を変えて迫ってきた。

「戻らないでトール、君はこのままずっと、ぼくとい――」

その時また、ノックの音。

エイドリアンは栗色の髪をかきむしり、「またか！」と苛立たしく吐き捨ててドアに向かう。

だが次に戻ってきた時、その顔に先ほどの涼しい表情はなかった。むしろ蒼白になり、焦っている。

「トール、ごめん……面会人だ」

招かれざる客だ、とその顔色が語っている。融は「誰だい」と尋ねるが、エイドリアンは「家の人間」としか答えない。

「わかった。退散するよ」

「ごめん――」

ひどくすまなさそうにしょげ返る。何というか……完全に融の「男」になったつもりでいるのだ。

色仕掛けが充分に奏功している様子を見て、だが融の心は暗い。

(仕事だ)

ぎゅ、っと拳を固くする。

(これは、長年僕自身が望んできた、仕事なんだ――)

自分に強く言い聞かせると、少し背筋が伸びる。そんな融を、エイドリアンは背後から抱きしめてきた。

名残のキスと共に、せわしない囁きが降ってくる。

「また後でね」

「ああ」

「絶対だよ！」

「ああ」

「絶対、絶対だよ！」

必死の顔に、子供か、と呆れつつ、「ああ」と頷く。不安を宥《なだ》めてやるために、チュッと唇をぶつけて、こちらからキスを。

「君の望むままに――エイドリアン」

ぽかんと口を開いている間に、さっさとドアを開く。

だがそこに立っていたのは、予想していたような、いかにも端正な貴族の使用人、ではない二人組だった。ふてぶてしい、日に焼けた顔。仕立てはいいが、乱暴に着崩したスーツ。いかにも腕っぷしの立ちそうなごつい手は、明らかに格闘技――おそらくボクシングか何かを――やっている人間のものだ。

ひと言で言って胡散《うさん》臭い。これが英国貴族ローズカッスル家の関係者というのは、明らかに嘘だろう。複雑に混血した容貌からして、アメリカ人。それも都会の闇を渡ってきた人間の臭《にお》いがする。

融は彼らにねめつけられながら、スイートルームのフロアを横断した。エレベーターを待っている間に、二人組はエイドリアンの部屋に入っていく。

(ヤバい)

少なからぬ修羅場を渡ってきたカンが、警報を鳴らす。融は到着したエレベーターのドアが閉じないよう、箱の中から安全装置に足をかけて待機した。

果たして――。

ものの一分もせずに、カジュアルなシャツとスラックスだけを着せられたエイドリアンが、二人組に左右を固められつつ部屋から出てきた。その蒼白な表情と目が合うや、融は「エイドリアン！」と叫ぶ。

さすがの呑気な坊ちゃんにも、それで通じた。エイドリアンはトルコ絨毯《じゅうたん》の床を蹴り、ラグビーのトライのようにエレベーターの中へ転げ込む。

絶妙のタイミングだった。エレベーターのドアが二人組の鼻先で閉じた瞬間、融は我ながら出来すぎ、と思ったほどだ。シューーッ、と軽いエア音を立てて下降する箱の中で、エイドリアンは「助かった……」とばかりへたり込んでいる。

「借金取りかい？」

冗談を飛ばすと、意外に真面目な口調で「そんなようなもんさ」という答えが返ってくる。

「ぼくに船を降りて、ロンドンへ戻れってさ。冗談じゃない――！」

そうか、と融はひそかに合点《がてん》した。

――ローズカッスルは、この経済危機を乗り切るために、ヤバい筋の金を借りて凌《しの》ごうとして、闇勢力に取り込まれたのか……。

あるいは、相手の素性《すじょう》をよく知らずに、うまい融資話に飛びついたのかもしれない。長年歴史の波風を潜り抜けてきた名門にしてはうかつなかじ取りだが、昨今の欧州危機の情勢下では、ありうる話だ。この頃は新興国あたりから、あまり性質《たち》のよくない資金が欧州に流れ込んでいるという話も聞くし――。

「彼奴ら、君に腎臓でも売却させる気なのかい？」

これも冗談だ。だが返ってきた答えは意外なものだった。

「彼奴らが売らせたがっているのは、ぼくの魂さ。このエイドリアン・ローズカッスルに、悪魔に魂を売れって言うんだよ！」

やけに詩的な表現の詳細を聞き出す前に、エレベーターがチンと所定階に到着する。ふうと息を吐いて、エイドリアンは立ち上がった。

「融、君の部屋でしばらく匿《かくま》ってくれ。船が出港するまででいい」

「構わないけど……奴ら、それであきらめるか？」

「ここを凌いでも、次はN.Y.で待ち構えているだろうな。でもいいさ。北大西洋を渡る数日間は自由の身でいられる」

「そうじゃなくて……」

すぅっと音もなくドアが開く。するとさほど間を置くこともなく、隣接のエレベーターもチンと音を立てて到着した。融は呑気に歩いて行こうとするエイドリアンを、咄嗟に引き留めた。

「何……！」

予想した通り、到着したエレベーターから、例の二人組が姿を現す。廊下を走って逃げようとするエイドリアンを、融は再度、エレベーターの中に引きずり戻し、ボタンを押す。

ふたたび成功だ。今日はツイている。二人組を閉め出して、見事にぴしゃりと閉じたドアを前に、融は思わず会心《かいしん》の笑みを浮かべた。

「……つくづく馬鹿だな君は」

そしてエイドリアンには容赦なく告げる。

「先が行き止まりになっている廊下のほうへ逃げてどうするんだ。すぐに追い詰められて一巻の終わりだろう」

もう少し考えろよ——と頭をかくと、エイドリアンは目を吊り上げて反論してくる。

「あそこが行き止まりになっているなんて、知らなかったんだよ！　むしろどうして君はそんなこと知っていたんだ？」

「あそこは僕の宿泊階だぞ。ル・アーヴルで乗船した時に、ざっと調べたんだよ」

それに、と続ける。

「同じ会社が造った船は、規模の差はあっても大体同じパターンで設計されている。A・グリーン社の船に幾つか乗ったことがあれば、おおまかな構造はわかるさ」

「……？」

エメラルドグリーンの目が、融を斜め横から凝視する。

「トール……？　君、いったい……」

何者だ？　か、何の仕事をしているんだ？　か。

さすがの御曹司も、昨夜同衾した相手が、今は素性の知れない男なのだとやっと気づいたらしい。

——まあいいさ。最初から隠す気はない。

ひとつため息をついて、「ラウンジへ行こう」と告げる。

「人目のあるところのほうが、彼奴らも荒っぽい真似はしづらいはずだ。出航までは他の乗客の目に触れるところにいたほうがいい」

「待ってトール」

到着したエレベーターのドアが開くと同時に、今度はエイドリアンが融を引き留める。

「君もぼくもこの格好じゃラウンジは無理だよ」

あ、と融も気づく。いわゆる服装規定《ドレスコード》があるからだ。豪華客船にも色々とランクがあり、アトランティック・ディアーナ号は料金もクオリティも比較的カジュアルな船だが、それでも船内の人が集まる場所《スペース》には、少なくともネクタイ着用でなければ入ることができない。融より先にエイドリアンがそれに気づいたのは、育ちの違いというものだろう。

「なら、甲板《デッキ》をうろうろしているしかないな――」

「四月のアイルランド沖の海風の中でかい？」

エイドリアンの躊躇《ちゅうちょ》はもっともだった。メキシコ湾流の影響を受けるアイルランド近海は、緯度が高い割には温暖だと言われているが、それでも薄着の人ひとりが屋外で過ごせる気温ではない。さすがの融も考え込む。するとエイドリアンは突然、「そうだ」と手を打った。

「なら、ふたりで抱き合って過ごせばいいんだ！」

融は額に青筋が浮かぶのを感じた。まったく、こいつは……。

「――いいとも。是非ふたりでくんずほぐれつ過ごそうじゃないか。君は寝技の練習台としてはうってつけだからね」

ずかずか歩き出しながら言ってやると、エイドリアンは本気で怯《おび》えたように一瞬動作を遅らせ、

「謹《つつし》んで辞退します……」と融の背後で呟く。どうやらパブリック・スクール時代の経験が骨身に染みているらしい。

融はちらりとエイドリアンの顔を振り返り、くすっと笑った。

（おかしなものだな……）

一晩共に過ごしただけだというのに、ゆうべのささくれた雰囲気が嘘のように会話がスムーズだ。

（いいかげんなものだ、人間なんて――）

たった一夜のセックスで、十年のブランクが帳消しになってしまうなんて。しかも、互いに隠し事をし合っている関係だというのに――。

ひゅう、と寒風が吹き過ぎる。

寒冷な北半球を後にして、陽光のカリブへ、というのが売りのクルーズ船は、お決まりのデッキプールを備えてはいるが、今はカラだ。少なくともフロリダあたりを通過するまで、出番はないだろう。そしてやはり吹きっさらしの甲板は寒い。

「……やっぱり物陰で温め合わないかい？」

震えながらエイドリアンが言う。この色ボケハンサムめ、本気で小柄《こづか》投げの的にしてやろうか、と半ば本気で考えた時、上甲板でこつりと靴音がした。振り仰げば――やはり二人組だ。

「走れ！」

融はエイドリアンの腕を引いて駆け出す。巨大客船のデッキは、クルーズ中ジョギングをする乗客がいる程度には広く長くて、なかなかに走り甲斐《がい》がある。上甲板から飛び降りてきたらしい足音を背

後に聞きながら、「こうやって走り回ってれば健康的に温まるだろ！」と叫ぶと、「まったくだね！」という叫びが返ってくる。

「でも君と温まるなら、デッキよりベッドの上のほうがいいな！」

「……！」

どたどた、ばたばた。

甲板に靴音が響き渡る。入港中の船は、どんなに寒くとも屋外も無人ではない。「なにをやっているんだ」と視線を向けてくる乗船客や船員もいる。

そのいちいちを、エイドリアンは「やあ失礼！」のひと言と、ハンサムなスマイルで誤魔化していく。さしもの融も、さすがだと感歎《かんたん》するばかりだ。祖父君のヘーゼルウッド公爵が、後継者として傷ひとつなく育て上げたいと願ったのも、無理はない——。

船首と船尾を船体の外周で繋ぐ廊下のようなプロムナードデッキを、ちょうど船尾まで半周を走った時、行く手のデッキチェアに、真っ黒い塊《かたまり》が横たわっているのが見えた。その塊がもぞりと起き上がり、ふたりの行く手にステッキを差し出す。

「仲がよいのは麗《うるわ》しきことだ」

老爺《ろうや》の声が、古代神の宣託《せんたく》のようにゆっくりと響く。ふたりが思わず足を止めたのは、その声に得も言われぬ威厳を感じたからだ。

「だが少々騒がしい。お若いの、この場はわしの安息のために、わしに助けられてくれんかね？」

「あなたは……？」

「ヘイズ！」

声に応えて、ひとりの男が船室からデッキへ現れる。そのわずかな足さばきに、融はぞっと震え上がった。時代劇風に表現するなら、「こ奴《やつ》っ、できる——!」という感覚だろうか。

目の前に立ち塞《ふさ》がられた二人組にも、それは伝わったのだろう。ぎょっと立ちすくみ、数秒間、蛇《へび》に睨まれたカエル状態で立ち尽くした後、回れ右をして立ち去って行った。

(……なんだ?)

二人組があまりにあっさりと断念したことに、融は疑問を感じる。このヘイズという男、何か裏社会で顔の利く男なのだろうか……? ごく平凡な顔立ちの白人男性にしか見えないのだが……。

そのヘイズが、かつんと踵《かかと》を合わせて老人に一礼した。

「追い払いました、Sir.《サー》」

「うん、ご苦労」

手を上げて労《ねぎら》う老人が、真っ黒い塊に見えたのは、全身を黒いコートで覆っているからだ。古風な帽子も、襟巻きも革手袋も黒い。

「ほう」

その老人が融に目を向け、驚きを示す。

「ゆうべは灯りが暗くてよく見えんかったが、これはまた、素晴らしい麗人じゃないかね」

その言葉で、融は得心《とくしん》した。この老人は、ゆうべエレベーター前でエイドリアンに迫られている場面を目撃した人だ——。

ステッキを突いてややぎこちなく立ち上がった老人の手が、すいっとこちらへ伸びる。革手袋の感触が頰に触れると同時に、傍らのエイドリアンが目を剝く気配が伝わってきた。

「君は日系――いや日本人だろう」

「――はい」

「うん、一目見てそうだと思ったんだよ。この穏やかなたたずまい。絹のような肌。磨《みが》き上げられた知性の輝く瞳……ああ、遠き昔の我が初恋の面影がよみがえる……」

「失礼、Sir.《サー》」

エイドリアンが老人の手を摑む。

「彼に触れないでいただけますか。大変不愉快ですので」

「おやおや」

非礼な振る舞いに、だが老人は気を悪くした様子もなく苦笑する。その目は、明るいはしばみ色だ。

「何だか昔のわしのようなのがくっついとるなぁ。green-ey'd monster《グリーンアイド・モンスター》が」

「緑の目の怪物《グリーンアイド・モンスター》」とは、「嫉妬深い恋人あるいは伴侶《はんりょ》」を表わす英語の慣用句だ。元ネタは確かシェイクスピアの「オセロ」で、文字通りエメラルドグリーンの目をした英国貴族のエイドリアンには、言い得て妙すぎる表現だった。

「わしはクラウス・グロスハイムという者さ」

アメリカの財閥《ざいばつ》オーナー一族として名高い姓を、白髪の老人は飄々《ひょうひょう》と名乗った。

「お若いおふたりさん、妙な出会いをしたのも何かの縁だ。今夜、晩餐《ばんさん》をご一緒せんかね？　なあに、支払いの心配はいらないよ。スイートの割に薄い壁のおかげで、情熱的な色事《いろごと》を隣室で一晩聞かせてもらった礼さ」

融とエイドリアンは同時に赤面し、互いの赤らんだ顔を、そっと横目で窺った。

「思い出した！　クラウス・グロスハイム！」

音楽が流れる中、前菜《オードブル》の皿がテーブルに置かれた瞬間、エイドリアンが鋭い声を上げる。

「ドイツ系移民から身を起こして、アメリカで一大財閥を作り上げた立志伝中の人物、故イザーク・グロスハイム氏の末っ子！　一族中唯一経営に参画せず、世界中を遊び歩いているという有名なドラ息子じゃないか！」

「ちょ、エイドリアン……！」

融は驚いてエイドリアンの袖を引く。周囲では大勢の着飾った紳士淑女が、晩餐の席に着いているというのに、こうもあからさまに同席の相手を非難するような物言いをするなど、育ちのいい彼らしくもない——。

だが老人は、エイドリアンの無礼など歯牙《しが》にもかけない様子でほくそ笑んだ。

「わしも君の噂を知っとるよ、アップルトン卿エイドリアン・ローズカッスルくん」

食前酒のグラスを目の高さに掲げ、その目でぱちりとウインクする。

「祖父君へーゼルウッド公爵の期待を一身に受けて経営陣に加えられながら、何度も詐欺師や銀行家やヘッジファンドの甘言《かんげん》に乗せられ、傘下の企業をいくつもつぶしかけて、今は事実上、家業から放《ほう》逐《ちく》されているそうじゃないか。ええ？」

融は思わず、横目でエイドリアンを見る。

「——本当なの？　エイドリアン……」

エイドリアンは顔を赤くした。

「し、しばらく社会ってものを勉強してこいって言われただけだよ！」

——つまり経営から閉め出されたのは否定しないわけだ。

さもありなん……と融はゼリーの載ったエビをフォークで口に運びながら考える。腹に一物《いちもつ》ある人間にしてみれば、こんなに手玉に取りやすい相手もそういないだろう。今もまさに現在進行形で、この自分に騙されている最中なのだから——。

老人はわははと笑い、フォーク一本でぽいぽいと前菜を口に放り込んだ。体格を裏切らない健啖家《けんたんか》のようだ。

「面白い。まったく面白いふたりだな君たちは。アップルトン卿はまさしく若い頃のわしに生き写しだし、そちらの麗しの君は——失礼、まだ名を聞いておらんかったな」

融は慌てて一礼する。

「それは失礼をいたしましたSir《サー》。マツユキ・トオルと申します」

「なんの、無位無官の放浪者《バガボンド》の身にはミスターで充分……いや是非クラウスと呼んでくれんかね。君はまことに我が永遠の想い人を思い起こさせる——」

はしばみ色の瞳にじっと見つめられて、融は「は、はぁ……」と、ひどく居心地悪い思いで身じろいだ。

今さら、色目のひとつふたつで狼狽するほど初心《うぶ》ではないはずだ。なのに……。

——何か苦手だ。この人……。

僕らしくもない。調子が狂う……と思っているところに、

「トール、真面目に聞くんじゃないぞ」

隣席から尖《とが》った声がかかる。

「この爺さんはな、若い頃から世界中のあっちこっちでダンサーやら女優やらを愛人にして、結婚も確か四、五回はしているんだ。欧州の社交界じゃ、『グロスハイムの出るパーティーに娘を出すな』っていうのが合言葉だったくらいなんだから！」

エイドリアンはエイドリアンで、まさしく嫉妬《グリーンアイド・モンスター》の鬼の形相《ぎょうそう》をしつつ、やたらとスープをスプーンの先でかき回している。こちらもまた、基本的に上品で大人しい彼らしくもない。

だがしかし、わははは、と顎を反らすように笑ったのは、当のグロスハイムだ。

「左様、まさしくわしの一生は放蕩児《ほうとうじ》一代記さ。恋も山ほど、冒険も山ほど……しなかったのは真面目に働くことくらいかな」

「自慢するなよ！　そんなこと！」

エイドリアンの電光石火の突っ込みを、だが老人はしたたかに無視する。

「ああ、そういえば最近流行《はや》りの同性結婚だけは、まだしたことがないなぁ。どうだねトール、アメリカに着いたらその足で教会へ直行せんかね？　わしと結婚すれば、死ぬまで放蕩三昧《ざんまい》できるほどの遺産を残してやれるぞ？」

「はぁ……」

「口説くなー！　それに勝手にトールって呼ぶなぁ！」

エイドリアンの大声に、フロア中から視線が集まる。グロスハイムが、またわははと腹をゆすって笑った。

何ともいたたまれない視線の中、コースが魚料理まで進んだところで、フロアを足早に横切ってきた者がいる。グロスハイム老人に影のように付き従うヘイズだ。ほとんど足音がしない歩き方で主人に近寄ると、身を屈めて、ぼそり、と囁いた。

「――二人組が店の外にいます」

エイドリアンがびくりと緊張する。グロスハイムが聞き返した。

「コーヴで降りなかったのかね」

「乗船チケットを入手していたようです」

「そうか、考えてみればチケットのない者が最初からこの船に入れるわけがないな」

停泊地ごとに船内見学者を受け入れるクルーズ船もあるが、アトランティック・ディアーナ号はそうではない。二人組の姿を見た時から、予想がついていたことだ。

「……それに、拳銃を持っています」

「ほう」

肥えた顎を撫でつつ、グロスハイムがエイドリアンに目をやる。

「いったい何者だね、あのふたりは」

エイドリアンは困惑した顔で首を横に振って答える。

「素性までは知りません。名前は確か、シェリーとスターキー」

いかにもアメリカ人的な名だ。どうせ本名ではないだろうが。

「ぼくは今、家出中で――あのふたりは、祖父が寄越した連れ戻し役です」

家出息子を連れ戻すのに、拳銃携帯の二人組？　と内心思いつつ、融は別のことを問う。

「豪華客船のスイートルームで？　ずいぶん優雅な家出だね」

「だって、空港にはもう祖父の手が回ってたんだよ！　たまたま伯母が、ぎっくり腰で乗船をキャンセルすることになって、咄嗟にそのチケットを奪取してサウサンプトンへ走ったんだ――！」

とにかくイングランドから脱出できれば何でもよかったんだ、と小さく首を縮めつつ、エイドリアンは呟く。

（あながち嘘八百でもないのだろうな）

魚料理にフォークを入れつつ、融はエイドリアンの表情を見て思った。彼が巻き込まれているのであろう事態からすれば、その程度の妨害はあってしかるべきだ。ましてその筋の力が絡んでいるとなれば。

（むしろまだ命があることが僥倖《ぎょうこう》かもしれない――）

「まあ、あれだな」

グロスハイムは白身魚のハーブバターソテーをぱくんと食らいながら、融とエイドリアンを見やる。

「この船が大西洋上にあるうちは、彼奴らも君に乱暴な真似はできまい。つきまとわれて鬱陶《うっとう》しいかもしれんが、なるべく気にせずに過ごすことだ」

「……そのつもりです」

がるる、とうなる犬のような表情で、エイドリアンが老人に口答えする。「言われなくとも」という余計なつけたしは、融の耳にだけ聞こえたはずがないのだが、グロスハイムは怒る様子もなくうんうんと頷いている。

どうにも性根《しょうね》の不可解な人だ、と思っているところへ、不意に「ところで君はどうするトール」と目を向けられて、融は「はい？」と驚いてしまう。

「彼奴らの目的は、どうやらこのアップルトン卿のようだ。君はいわば無関係な第三者だが、彼と一緒にいれば、どんなトラブルに巻き込まれるか知れたものではないよ。これからはなるべく別行動をしたほうがよくないかね？　もっとも、もう目をつけられている可能性もあるが――」

隣席で、エイドリアンがはっ……と息を呑む気配がする。融は内心焦った。

（まずい――自分の事情にトールを巻き込んじゃいけない、とか考えてるな、これは――）

こんな話の展開になるとは思ってもみなかった。目的を遂げるまで、もう少しエイドリアンの傍にいる必要があるのに――。

「あの、トール……」

「いやエイドリアン、僕は――」

図らずも見つめ合ってしまったふたりを、グロスハイムがテーブルの向こうから眺めながらにやりとする。

「そういうわけだトール。今夜から君は、わしの部屋で過ごしなさい。悪い狼どもから身を守るには、安全な巣に逃げ込むのが一番だよ」

ぱちん、と片目をつぶる表情は、だがまさしく彼こそが、一番安全でない狼であることを物語っている。

――ひゅっ、と息を呑む音。

「だっ……だっ……」

エイドリアンが喘《あえ》ぐように絶句する。そして――。

「誰が貴様なんぞにトールを渡すか、クソジジイー！」

隣席の男を抱きしめて叫ぶ御曹司の姿に、肉料理を運んできたボーイとソムリエが、ぎくんと立ちすくんだ。


カラン……とグラスの中で氷が鳴る。

「なにもあんなに怒ることないのに」

融はレモン果汁を落としたミネラルウォーターのグラスを差し出しながら、エイドリアンを咎めた。融はバスルームから髪を拭きながら出てきたエイドリアンは、タオルの中から翠玉の目を向けてくる。融は先にシャワーを浴び、すでにバスローブ姿だ。

「え、何？」

腰にタオル一枚のエイドリアンは、ギリシャ彫刻のような裸体を惜しげもなく晒している。この肉体の中に流れているのは、確かにブルー・ブラッドに違いない――そんなことを思わせる姿だ。

思わずごくりと喉が鳴りそうになるのをこらえ、融は腕を組んでエイドリアンを睨んだ。

「グロスハイム氏のことだよ。君の態度、あんまり非礼だったんじゃないか？」

「ふん」

ばさっ、とタオルを投げる。濡れてもつれた髪が鳥の巣のようで、さしもの貴公子も形無《かたな》しだ。

――まあ、そういう姿もいつもとちょっと違った色気があって、またいいが……。

「君にちょっかいを出そうなんて輩《やから》には、あれくらい言ってやってちょうどいいさ」

本気で臍《へそ》を曲げているようだ。おいおい、と融はバスローブの腰に手を当てる。

「……足の悪いご老人だぞ？」

レストランから引き揚げる際も、ヘイズの手を借りていた。どうやら片膝を痛めているらしい。

「それがどうした」

エイドリアンはにべもない。融はこのわからず屋、と眉を顰《ひそ》める。

「だから、隣室の僕らがたまたまそういう関係だって知って、退屈しのぎにからかっているだけに決まっているだろう」

それにむしろ、ちょっかいを出されているのは自分ではなく、エイドリアンのほうだ。グロスハイムはこの端正な貴族の青年が、いちいちムキになって反応するのが面白くて、融を口説くようなそぶりをしているだけなのに。

「あんまり真《ま》に受けるなよ——お世話になったんだから」

何が気に入ったのか知らないが、あの老人はどうやら融とエイドリアンを自分の懐《ふところ》に入れ、守ろうとしてくれているようだ。今ひとつ腹の読めない人ではあるが、とりあえず悪意はないのだろう——からかって楽しんでやろう、という意図はあるかもしれないが。

エイドリアンはレモンフレーバーのミネラルウォーターをぐーっと一気に飲み干した。そのグラスを、たん、とサイドボードに置いて、融を見る。

「トール」

「なんだよ」

「君に好意を持って接近してくる人間に、ぼくがなんの敵意も持たなかったら、そのほうがどうかしているよ」

エイドリアンのまなざしと声が、一転して甘くなる。長い腕が伸びて、融の肩と腰を抱き、その胸の中へ抱き込んだ。

「トール……」

深い囁きを漏らす口元を耳の下に差し込まれ、融はぞくん、と震えた。

「愛してる」

息が止まる。

とうとう言った。言われてしまった——。

そうなるだろう、と半ば予想していたのに、融は歓喜や会心とはほど遠い気持ちで肩を落とした。何てことだ。本気にさせるつもりはなかったのに——。

「エイドリアン、それは」

「聞いて、トール」

エイドリアンが離れようとする融の腰を抱き寄せる。カラン……と、サイドボードに置かれたグラスの氷が崩れた。ロマンチック・モード開始だ。

「気づいたんだ。気がついてしまったんだ。ぼくはもう、誰にも君を渡したくないんだって」

「……」

マズいな、と融は焦る。エイドリアンはしっかりグロスハイムに心理誘導されている。嫉妬心を煽《あお》られて、感情に火がついてしまっている。

——あの老人め……。

エイドリアンとは別の意味で、グロスハイムが恨めしくなる。もしかして、僕が腹に一物あることを見抜いて、わざとしたんじゃないだろうな――。

にわかに生じた疑いに眉を寄せていると、エイドリアンはさらに調子に乗った。

「結婚しよう、トール」

……おいおいおいおい。

「N.Y.に着いたら、さっそく市庁舎に行って婚姻届を――」

「いやちょっと待って、エイドリアン」

融は慌てて、すっかり甘く酔っている翠玉の目を覗き込む。

「エイドリアン……アメリカだって同性結婚が許可されているのは、今のところごく一部の州だけだよ。第一、君も僕もアメリカ国民じゃないだろう？」

「そんなのは紙一枚のことだ。克服する気があるなら何とでもなる」

――ごもっとも。

融はため息をついた。お坊ちゃんはこういうところ、無駄に前向きで困る。これを否定したら、「困難に立ち向かう気がない」と非難されるのは融のほうだ。さてどうかわそうか……と考えていると、エイドリアンは融の顎をぐいと摑んで正面を向かせた。

「……っ！」

深く奪うキス。いきなり侵入してきた舌が、口の中でうねる。腰を抱いていた腕が下がり、臀部の丸みが掌の中に収められた。全身がぴったりと、エイドリアンの胸の内に取り込まれたように、深く抱き込まれる。

「……あっ……」

不覚にも、感じてしまった。彼の硬化している男の証の感触に。

――たった十八時間前に、その絶倫ぶりを思い知らされたばかりなのに……。

ひょいっと抱え上げられた。そしてベッドに運ばれ、熱い目で見つめられながら、そろり……と横たえられる。

「――今日もする気？」

ハンサムな顔を見上げながら戸惑い尋ねると、

「君が許してくれるなら」

体はする気満々のくせに、エイドリアンはそんな言い方をする。こちらに選択権を委《ゆだ》ねるなんて、ずるいやり方だ。

「グロスハイム氏が言っていただろう？　この部屋、スイートの割に壁が薄いって――」

「それが？」

「また彼に聞かれる――」

「むしろ聞かせたいんだ」

――おい。

「ぼくと君が愛し合っている声を聞かせて――あの爺さんに思い知らせてやりたい。トールはぼくのものだ。手を出すなって」

いやそれ、もうただのアブノーマル・プレイだろ。他人に聞かれながら……なんて、なんでそんなことをしなくちゃならないんだ、おい――！

「トール……」

囁きながら、打ちかぶさってくる。

「トール……許すって言って」

ため息のような囁き。ついばむようなキス。

「ぼくに君を、愛させて……」

蜜のような声を直接、耳に注がれて、融はぶるっと震える。

（こいつに、こんな風にされて……陥落しない人間なんていないだろうな……）

ぼんやりと、そんなことを思う。

現に十年前の自分がそうだった。男同士のセックスに慄きつつも、彼のものになりたいという気持ちを、とうとう振り切れなかった。彼の無垢な愛を全身に浴びたあの夜は、とても幸せだった……。

たとえその後の、十年間の地獄と引き換えだったとしても——。

「エイドリアン……」

決してこの青年を恨んではいない。今の自分の境遇は、彼のせいではない——。

融は顎を上げて、エイドリアンの唇を求めた。自ら舌を出し、吸いつき、絡め、誘う。

「う……ん」

「ふ……」

ぴちゃ……と淫靡な忍び音。さらさらと、シーツに肌が擦れる音。

「トー……ル……」

バスローブをはだけ、象牙色の胸板に顔を埋め——。

そこで突然、エイドリアンの吐息が変わった。すー、すー、と安らいだそれは、明らかに眠りの国へ落ちた者のものだ。

「ああ……」

トールは組み敷かれたまま、嘆息する。

「やっと効いてくれたか――」

レモンフレーバーで誤魔化せる程度の薬しか入れられなかったので、効きが遅かったのだ。危なかった。もう少し先へ進んでいたら、融ももう後戻りできないところまで欲情させられていた。二度目の夜でなければ、確実にそうなっていただろう。

「よっ……と」

覆いかぶさる裸体を、押しのけて這い出す。不自然な姿勢を直してやり、なるべく楽に眠れるよう、枕を当て、上掛けを着せる。

そして、すー、すー、と子供のように眠る顔に、キスをひとつ。

「ごめんね、エイドリアン……」

今は艶やかな栗色の――少年時代ははちみつ色に近かった髪を撫でる。

「僕も君に愛してもらいたかったけど――これ以上は、もう……」

これ以上は危険なのだ。これ以上君に愛されたら、僕も本気になってしまう。君に愛される幸福を、期待してしまう。僕にはもう、そんな資格などないのに――と考えて、融はずきんと痛む胸を押えさる。

「馬鹿だな……」

わが身を省《かえり》みろ、と自嘲する。

——この十年間、どれほどの男たちにこの身を与え、どれほど汚い仕事をしてきたと思っている。エイドリアンに愛される資格など、とうの昔に自分で投げ打ってしまったではないか。それもこれも、すべては……。

「ローズカッスル家に破滅を」

砂のように乾いた、熱のない、昏《くら》い声で呟く。

「僕が望むものは、それだけだ——」

融は立ち上がり、愛しい青年の傍を離れる。そして、慎重に部屋を物色し——さほど手間をかけるまでもなく、作り付けの書き物机の中から、望むものを見つけ出す。

紅い封蠟をほどこした、典雅《てんが》な封書——おそらく中は遺言状というところか。家出を決意した際に、これまでのものが無効になるよう、急遽《きゅうきょ》新しく作って所持してきたのだろう。いかにも資産家の子弟らしい心構えだ。

融は書き物机の手元灯をつけ、その光の中で、封書を矯《た》めつ眇《すが》めつ凝視した。N.Y.の保険会社に送付された文書と、まったく同じ紙だ——と結論づけるのに、さほど時間を要しない。

「まあ、わかっていたことだけどね……」

融は深々とため息をつく。そう、あの告発状の差出人は、やはりこの男——エイドリアン・ローズカッスルだったのだ。

そして、これですべてが読めた。おそらく、この船を舞台に起ころうとしているなんらかの陰謀に、ローズカッスル家が加担しているのだろう。彼は——エイドリアンは、それを未然に防ぎ、生家を不名誉な汚濁《おだく》から守りたいのだ。そのために告発状を送り、さらには家出をしてまでこの船に乗ったのだ。自分の身を盾にして、ローズカッスルの家名を守ろうとしているのだ……。

（では、エイドリアン）

融は目を閉じる。

（僕と君は、これで敵同士だ――）

ずきん……！　と胸が痛む。そんなのは嫌だ、と叫ぶように。未練がましく。

――嫌だ……嫌だ……！　僕は彼と離れたくない。敵になどなりたくない……！　一緒にいたい……！　ずっと、一緒に……！

融は痛みをこらえつつ、絨毯を敷き詰めた床を、音もなく歩いた。そして、ふたたびベッドサイドに戻ると、眠るエイドリアンの上に身を屈める。

そろりと首筋に触れる。どくりどくりと脈打つ、命の鼓動。愛しい男が、今この時間を生きている証――。

「一度だけ言わせて」

ゆらっ……と揺れる感覚。

「僕も君を愛してる――十年前から、ずっと」

囁くと同時に、目元にキスを。

そして融は、まるで逃げ出すように素早く、バスローブを脱ぎ捨て、自分の服に着替え、部屋を出て行った。ドアが閉じるその瞬間まで、二度と、エイドリアンを顧みることはなかった。

ざん……ざん……と、船が波を蹴立ててゆく。

「うっ……痛《つ》ぅ……」

エイドリアンはデッキチェアに寝転がりながら、しつこく痛み続ける頭を押さえてうめいた。冷たい外気と自然光に触れれば少しはましになるか――と思ったが、駄目だ。少しもスッキリしない。

ふう……とため息を空に向けて吐き出す。四月の北大西洋の空は、お世辞《せじ》にも青空とは言えない曇天《どんてん》だ。それでも時折、雲の切れ間から光が差しているだけ、陰鬱《いんうつ》なロンドンの空よりはましだった。

アトランティック・ディアーナは、確実に陽光あふれる南国カリブへ向かっている。それを実感するだけでも、心が躍《おど》る――はずだったのに。

「痛《い》たたた……」

頭を抱える。「そこまで痛みが強くなってからでは、鎮痛剤はあまり効かない可能性が高いですよ」と船医は言っていたが、まさにその通りだ。できればもう一度、ぐっすり眠って意識をリセットするのが一番いいと言うが……。

「トールのいない部屋でひとりで眠るのもな……」

そんなの嫌だ、とエイドリアンはひとりごちる。

――ゆうべ、トールにプロポーズした。

我ながらあれは拙速《せっそく》だった、とエイドリアンは悔やむ。トールははっきりと面食らっていたし、いい顔をしてもくれなかった。よほど驚いたのか、まだエイドリアンが眠っている間に部屋を出て行ってしまって、今朝はまだ一度も姿を見せてくれない。

まあ当然だな、とエイドリアンはため息をつく。昔の恋人とはいえ、十年も音沙汰がなかった相手と再会して二日目で婚約なんて、真っ当な人間ならば了承するはずがないのだ。

「だけど……」

だけど、もう離れたくない。誰にも彼を取られたくない。ずっと自分の傍にいて欲しい。エイドリアンは自分が際限なくわがままになってゆくのを感じた。自分は家も故国も捨ててきたが、トールには築き上げた現在の生活がある。それを守りたいがために、彼はまた船から降りると、すぐに失踪《しっそう》してしまうかもしれない。一夜や二夜のアバンチュールを共にしただけの関係では、それもありうるのだ。

だから――海の上にいるうちに、彼がどこにも逃げられないうちに、その手足に鎖をつけてしまいたい。もう二度と、勝手に消えたりして、エイドリアンの気持ちを無下《むげ》に扱ってはいけないのだと、徹底的に思い知らせなくてはならない。そういう関係を、築いておかなくてはならない。その関係の名が「婚約」ならば、一番安心で確実だ――。

「……結構悪どいよな、ぼくも……」

どうやってトールを縛りつけておくか、ということばかりを縷々《るる》考えている自分に、自虐《じぎゃく》気味に零す。だが、こういうことを勢いでしでかしてしまえる今の自分が、エイドリアンは結構好きになれそうだった。少なくとも、祖父や家や財産にガチガチに守られて、身動きひとつ取れないまま大人になった世間知らずの坊やよりも、数倍いい――。

「おつらそうですな、坊ちゃん」

「――！」

いきなり話しかけられて、エイドリアンは驚き、チェアから転げ落ちそうになった。

浅黒い顔。暴力的な衝動を秘めた広い肩幅。きちんとしているとは言い難《がた》い立ち姿。これはシェリーだったか、それともスターキーのほうか——。

「何の用だ？　ここはもう大西洋上だ。まさかここからロンドンへ泳いで帰れとは言わないよな」

エイドリアンの威嚇《いかく》に、だが男はふてぶてしい笑みを浮かべるだけだ。

「なぁに——その頭痛がスッキリするような情報を教えて差し上げようかと思いましてね」

「……？」

男は非礼にも、エイドリアンの横たわるチェアにどすんと腰を下ろしつつ告げた。

「坊ちゃん、あんたあいつに一服《いっぷく》盛られましたな」

「——あいつ……？」

「トール・マツユキ。ゆうべもご一緒だったでしょう」

シェリーだかスターキーだかは、ニヤニヤと笑った。

「お楽しみの寸前で逃げられたようですが」

「……うるさい」

エイドリアンは拗《す》ねてそっぽを向く。

確かにゆうべは結局しなかったようだし、目覚めた時も、部屋にトールの姿はなかった。夜を共にした相手が目を覚ます前に部屋を出るなんて、恋人としてマナー違反だ……とふてたものの、自分の部屋に着替えでも取りに帰ったのだろう、とたかをくくってもいたのだが——トールは、そのまま帰って来なかった。頭痛を押して探しに行く気力もなく、エイドリアンは医務室で鎮痛剤を出してもら

A5判 偶数月9日発売♥
リンクス
SEXY & STYLISH BOY'S LOVE MAGAZINE LYNX
2013 JULY
7
特別定価780
(本体価格743円)
発行／幻冬舎コミック
発売／幻冬舎
2013年6月7日発売
表紙／斑目ヒロ
今号も大増ページでお届け!!
特集
ケダモノ
～貪るように奪いたい～
Comic
香坂透 × STORY.篠崎一
斑目ヒロ
SHOOWA
琥狗ハヤ
宝井さき × STORY.桐嶋リッ
日羽フミ
霧壬ゆう
上川き
梅松町
日高あす
中田アキ
仁茂田あ
倉橋蝶
長谷川
牛込トラ
じゃの
ひな
Novel
谷崎泉 × CUT.麻生海
桐嶋リッカ × CUT.カゼキショウ
神楽日夏 × CUT.青井秋

2013年5月末日発売予定

薔薇の王国

剛しいら
ill.緒笠原くえん

二十三歳になる貴族のアーネストは、閉塞感の中で日々を過ごしていた。唯一の楽しみは薔薇の絵を描くこと。そんなある日、新しく庭師として雇われたサイラスと出会ったアーネストは、一目で妖しい感情に全身を支配された。薔薇園で会話を交わす中で次第に親密になり、ついに彼に体を求められるアーネスト。身分差を理由に拒むも、強引なサイラスに対し、アーネストは徐々に支配されたいと願うようになってゆき…。

ケモラブ。

水戸泉
ill.上川きち

クールな外見とは裏腹に、無類の猫好きであるやり手社長の三巳は、ある日撤退を決めた事業部門の社員である瀬嶋から直談判を受ける。初めは意に介さなかった三巳だが、瀬嶋を見て目を疑った。なんと彼には茶虎の猫耳が生えていたのだ！　中年のおっさんに生えた猫耳になど興味がないと自分に言い聞かせるものの、ぴるぴると揺れる愛らしさとふわふわとした毛並みに魅了された三巳は、瀬嶋を家に住まわせることにしたが、その矢先瀬嶋の発情期がはじまり!?

センセイと秘書。

深沢梨絵
ill.香咲

父のあとを継ぎ政治家になった直人は、父親の秘書だった木佐貫に政治家としての振る舞いを教わることになる。世間知らずの直人は、勝手が違う世界に戸惑い、木佐貫にもダメ出しをされてばかりだった…。なんとかついていこうとするものの、優秀で敏腕と評判の木佐貫の指導はとても厳しく、しかもその指導がプライベートにまでおよぶ。ついには、直人の性欲管理まで木佐貫にされてしまうことになり――!?

英国貴族は船上で愛に跪く

高原いちか
ill.高峰顕

英国貴族であるエイドリアンは、偶然乗ることになった豪華客船で、かつて自分の前から突然姿を消した恋人・松雪融と再会を果たす。予期せぬ再会に戸惑うエイドリアンだったが、昔のことなど忘れたように振る舞う融を見て、つい強引に彼を抱いてしまう。そんなエイドリアンのもとにある日、「融は仕事のためならなんでもやる枕探偵だ」という話が届いた。その忠告を信じられないエイドリアンは、直接融に問いただすが、彼にはとある秘密の過去があり――。

LYNX COLLECTION

リンクス コレクション

LYNX COLLECTION Comics

B6判 定価:619円+税

大好評発売中!!

騎士と誓いの花 下

九重シャム

原作/六青みつみ

六青みつみ書き下ろしショート小説収録! 感動のグランドフィナーレ!!

※定価:648円+税

偽王により荒廃するシャルハン皇国で奴隷生活を送っていたリィトは、騎士・グリファスに救い出された恩返しとして、彼が仕える正統な王位継承者・ルスランの身代わり役を引き受ける。しかし皇都奪還へ向かう旅の途中、隣国・サイラムの襲撃によりリィトは【ルスラン】として捕縛され、媚薬を使った拷問を受けてしまい——!?

COMING SOON 2013年6月24日発売!!

恋はままならない

陵クミコ

※定価:648円+税

喫茶店を営む柳井は無自覚フェロモンだだモレ男で、親友・鵜瀬と息子の衛が付き合いだしたことが目下の悩みだったが——!?

まわりまわるセカイ

六路黒

内気な高校生・浩輔は、見ず知らずの先輩・
川から「運命だ」と告白される。人気者であ
彼の熱烈アプローチに、戸惑う浩輔だが!?

●幻冬舎および幻冬舎コミックスの刊行物は、最寄の書店よりご注文いただくか、幻冬舎営業局(03-5411-6222)までお問い合わせください。

うと、そのままひとり甲板で横になっていたのだ。

『またこんなところで寝て――』

風邪ひくよ、と呆れ顔で言いつつ、トールが迎えに来てくれることを、内心期待していたのに――。

「睡眠薬を盛られるとね、その副作用で頭痛がすることがあるんですよ」

「――なんだって？」

「あまりに身じろぎもせずに眠り込んで、寝返りを打てず、全身の筋肉が凝《こ》って血流が滞るんだとか――坊ちゃん、あんたゆうべ、あいつから何か食い物か飲み物を与えられませんでしたか」

「……っ」

カラン、と鳴るグラスの中の氷。レモンフレーバーのミネラルウォーター……！

びく、と反応し、エイドリアンは表情を硬くする。それを見つめる男の顔が、会心の笑みを浮かべた。

「やられましたな。部屋に戻られたら、手荷物をチェックしたほうがいい。おそらく、すべて家探しされているはずだ」

「なにを言うか。トールがそんなことをするはずがない！」

「坊ちゃん」

胡散臭い男は、その両肩をそびやかす。

「あんたつくづく甘いお人ですな。奴があんたの前に現れたのが、単なる偶然だとでも？」

「――どういうことだ」

「奴は最初から目的があってあんたに接近したんだってことです」

「……なに？」

「奴はね、坊ちゃん――トール・マツユキは、その道じゃ有名なやり手なんですよ。海難事故専門の保険調査員《オブ》としてね」

「オ……調査員《オブ》？」

「そう、それもどこの保険会社にも属さず、身ひとつで活動するフリーランスの調査員だ。地味な裏方だが、詐欺犯と直《じか》にやり合ったりする結構ヤバい稼業だから、普通組織のバックアップのない状態で仕事をする奴なんていない。いても命はそう長くない。ところが奴はどっこい生きてる。どころか、大企業の調査部が投げ出した難事案を、いくつも解決しているそうですよ。あの女みたいに細っこい、大人しげな容貌で相手を油断させることもあるが――一番の理由は」

　聞くな、聞いてはいけない。

　頭の中で警鐘が鳴っているのに、エイドリアンは男の声に耳を澄ませてしまう。

「……一番の理由は、奴がベッドで調査対象者を誑《たら》し込む手を使うことだ。わかりますか坊ちゃん。奴は仕事のためなら誰とでも――まあ、主には男とね……寝るんですよ」

「……嘘だ」

「N.Y.のその筋じゃ、ちょっとした有名人ですよ。『魔性の枕探偵トール・マツユキ』は。たとえ破滅が待っていても、一度はその体を味わってみたいもんだ――ってね」

「嘘だ！」

「嘘じゃない。そんなことはあんたが一番わかっているはずだ。奴の味――極上だったでしょう？一度知ったら、忘れられないくらいに」

「——！」

一瞬、否定しそこねる。トールの体に男に抱かれ慣れた感触があり、その熟成された性技がエイドリアンを一夜愉《たの》しませたことは紛れもない事実だったからだ。だが——。

「嘘だ。トールはそんなことはしない。する必要もない」

「その心は？」

「彼はな、あまり口には出さないが、日本でも屈指の名門の、元大名家の一員なんだ。明治大帝《メイジ・ザ・グレート》の御世《みよ》から、子弟を幾人も英国の名門校《パブリック・スクール》に留学させ、第二次大戦以前は侯爵の位も持っていた——そんな家に生まれた者が、名誉を汚すようなことをするわけがない！」

男は肩をすくめる。

「いかにもお貴族サマの発想ですな、それは」

「——なに？」

「いかな名門に生まれようと、人間てのはキッカケさえあれば底なしに堕落するもんなんですよ。帝政ロシアの貴族の姫君が、革命後は上海《シャンハイ》やロンドンの裏町で身をひさいでいたなんて話は、昔から山ほどある」

「彼の実家は没落などしていない！　今も東京《トーキョー》で、鉄道や百貨店を経営する大きなグループ企業として堅実に……」

「では、なんらかの事情で家にいられなくなったんでしょうな——勘当《カンドー》、ってやつですか」

にやりと笑う。

「噂だが——奴は元々妾腹の婚外子で、認知こそされていたものの、マツユキ家での立場はあまり強くなかったという話もある。何をしでかして逆鱗《げきりん》に触れたか知れないが、あの国では、『一族の恥』となる者への風当たりは、そりゃあきついもんだ。まして元大名の旧華族家ともなれば、その辺は推《お》して知るべし――いやこれは、公爵さまの嫡孫たる坊ちゃんには、釈迦《ブッダ》に教えを説くってやつでしたな」

「……っ」

「坊ちゃん、ヘーゼルウッド公爵のご希望は、あんたを『傷ひとつなく丁重に』ロンドンへ帰還させることだ。あの爺様は爺様なりに、孫が可愛くてならんらしい――あんまり親不孝な……いや爺様不孝な振る舞いは控えられたほうがよろしいでしょう」

男の目が鋭くなった。

「N.Y.の船舶保険会社に、余計なことを吹き込んだのはあんたですな?」

「――なんのことだ」

「やれやれ」

これだから世間知らずの坊ちゃんは――と、男はエイドリアンの劣等感《コンプレックス》を真正面からえぐるようなことを呟く。

「いいですか坊ちゃん。わたしらは決してローズカッスル家に仇成《あだな》そうとしているわけじゃない。むしろ色々と手を尽くして、女王陛下の臣下たる名門をお救い申し上げようとしているんですよ。それを、当のローズカッスル家の嫡孫たるあんたが、こんな形でぶち壊そうとするのは、信義にもとるんじゃありませんか?」

「……」

「よーく考えなさい。貴族に生まれ、ある意味誰よりも貴族らしく育ったあんたが、ローズカッスル家を――『家』を失って、本当に生きていけるのかどうかをね」

茫然と座り込んでいると、ぱん、とやや強めに肩を叩かれる。男はそのまま、その肩を押さえつけるように立ち上がり、

「奴の始末は、こっちに任せてもらいますよ」

坊ちゃん、と置き土産《みやげ》のように囁く。

――始末。

その言葉の怖ろしい意味をエイドリアンが悟ったのは、不覚にも数秒経過してからのことだ。ぐるっと振り向いて、喚く。

「おい、待て！　なんだ、今のはどういう意味――！」

その時、パンッ……！　と軽い音が響いた。

それが、映画の効果音のようなまがい物ではない、本物の銃声だと悟ったエイドリアンは、血の気が引く思いで甲板を駆け出した。

甲板にしたたる、血……。紅《あか》い血……。

からっぽのデッキプールの脇で、真っ先にそれが目に飛び込んで来た時、エイドリアンは全身が総《そう》毛《け》立った。出血しているのがトールではない、とわかって初めて、世界に色と音が戻ってきた。

「ぐ……うっ……！」

腕に小さな直刃《すぐは》のナイフを突き立て、痛みにうめいているのは、トールと睨み合うように対峙《たいじ》しているもうひとりの男だ。「シェリー！」と相棒が喚いたところを見ると、エイドリアンに絡んでいたほうがスターキーだったか。

ナイフの突き立った手から、かしゃん、と音がしてピストルが落ちる。シェリーが再度武器に飛びつこうとした瞬間、エイドリアンが動いた。男の手が届く寸前で、それを蹴り飛ばす。

ピストルは見事な弧《こ》を描いて、北大西洋の海面に消える。おお、自分にしちゃ上出来、と思った瞬間、「どうしました！」と船員たちが飛び出て来た。

「襲われた！」

喚いたのはシェリーだ。無傷のほうの手で、トールを指しつける。

「このオリエンタルが、突然『金を寄越せ』と言って、拒んだらナイフを投げつけてきやがったんだ！」

ざわっ、と空気が騒ぐ。エイドリアンは唖然とした。こいつ、トールに濡れ衣《ぎぬ》を着せるつもりか――！

「それは違います」

トールは落ち着き払って船員の目を真っ直ぐに見つめる。

「彼が突然、ピストルで襲撃してきたので、咄嗟に手持ちの武器で反撃しただけです」

「何を言いやがるこの盗人《ぬすっと》が、ぬけぬけと！」

「それはあんたのほうだ。この殺し屋め」

トールはあくまで、水のように静かだ。シェリーは周囲を見回し、ますます甲高く喚いた。

「おい何をしているんだ。早くこいつを拘束しろよ！　グリーン社は、刃物を常時持ち歩いているクレイジーな強盗を野放しにするつもりか！」

ざわざわ……と騒ぎが大きくなる。

「それにオレは、ピストルなんざ持っちゃいねぇ！　んなもんがどこにあるってんだ！　ええ？」

「それは！」

エイドリアンが割って入る。

「それは、ぼくが海に蹴り出して——！」

——しまった……。

言いさして、だがエイドリアンはひとり蒼白になる。咄嗟にトールを救ったつもりだったが、同時にそれはトールのほうが被害者だという証拠を消してしまう結果になったのだ——。

「だ、だがお前は確かに発砲しただろう！　ぼくは銃声をこの耳で……！」

「では発砲の瞬間をご覧になったわけではないのですね？」

金のラインを制服につけた船員が、エイドリアンに確認する。

「そしてピストルは、あなたが海に捨てた——と主張される」

船員の視線に疑いを感じて、エイドリアンは慌てて「それが真実だ」と言い募《つの》る。だが船員の態度は、この場合公正なものだ。エイドリアンが、加害者とされるトールと昵懇《じっこん》の仲だということは、すでに船内の誰もが知っている事実で、その証言に信頼性がないのはいたしかたない。まして発砲の瞬間を見ていないというのであれば……。

「ミスター・マツユキ、当船船長の権限において、あなたの身柄を拘束させていただきます」

「……！」

航行中の船舶内の刑事事件は、船長が容疑者の拘束や証拠保全の権限を持つ。本格的な捜査や事情聴取は、N.Y.に到着してから行われるだろう。それまでトールは、船内のどこかに拘禁《こうきん》されることになる──。

「待ってくれ！」

エイドリアンは叫んだ。なりふりなど、もう構っていられない。

「ぼくはこの船の持ち主、アトランティック・グリーン社の大株主、ヘーゼルウッド公爵の……」

「待ちたまえ」

その時、ヘイズの介助を受けつつ、人垣をかき分けて現れたのは、杖を突いた白髪の老人だ。

「やれやれ、上のデッキから降りて来るのに難儀《なんぎ》したわい。この船のバリアフリー化にはまだ問題と課題があるな」

「ミスター・グロスハイム……」

「わしは発砲の瞬間を確かに見たぞ。トールは確かに、ピストルでの襲撃に対して反撃しただけだ。いわば正当防衛だわい」

シェリーが顔色を変える。

「──な、何を言いやがるこのジジイ！　あんたも昨日、このオリエンタルを口説《くど》いてよろしくやっていたじゃないか！　そんな男の証言に、証拠能力などあるか！」

「ほう、強気だな」

食えない老人はにやりと笑った。

「じゃが、確かにここで発砲があったという証拠ならあるぞ。うちのヘイズがな、『発砲音だけでなく、弾丸がどこかをかすった音がした』と言うておる。そこらを捜索すれば、弾痕が見つかるじゃろう」

ざわざわ……！　と人々が騒ぐ。船員たちは手分けして、プール周辺を捜索した。ほどなくして、

「これじゃないか」という声と共に、手すりの一部に線状の焦げ跡が発見される。

「しかしこれでは弾丸の痕《あと》かどうか、鑑定のしようがないな。ただの汚れのようにも見える」

「ですが、今朝までこんな痕跡は確かについていませんでした。客船は毎朝、汐《しお》がつかないように隅々まで真水で清掃しますが、今朝ここを担当したのは自分です。間違いありません」

「ふむ——確かにこの寒空に、乗客が朝から甲板へ出て痕がつくような悪戯をしたとも思えん。だがな……」

船員が困ったような顔をする。そこへ「チーフ」と声をかけたのは、今まで黙り込んでいたトールだ。

「改めて、わたしはわたしのほうが被害者であると主張します。相互《そうご》に矛盾しない証言者二名と、それを裏付ける物的証拠がある以上、わたしの拘束は不当です。これを拒否しても問題はありませんね？」

船員は「そうですね」と不承不承頷く。

「そして事件被害者として、この男の身柄の拘束を要求します。N.Y.に到着しだい、彼の衣服を鑑定すれば、硝煙《しょうえん》反応が出て拳銃の所持と発砲が事実だと立証できるはずだ」

「——ッ……！」

シェリーは浅黒い顔を赤黒くした。対応能力の高い船員たちは、すかさず彼の両脇を固め、その腕を取る。

「待て！」

喚いたのはスターキーだ。

「N.Y.に到着するまでは、そのオリエンタルの嫌疑だってまだ晴れたわけじゃない！　俺のツレだけが拘束されるのは、不当で不公平だ！」

だが船員たちは毅然《きぜん》としてこれを退《しりぞ》ける。

「その主張は通用しません。あなたは同行者の拳銃の持ち込みと携帯を黙認していた可能性がある。後で船室の捜索をさせていただきます」

「なに？」

「この船はイギリス船籍を有しており、よって公海上ではイギリスの法律が適用されます。アメリカならばともかく、イギリスでは一般市民の拳銃携帯は違法行為だ。まして荷物検査を誤魔化して船内に持ち込んだとなれば、あなたも拘束されることになりますよ」

「……！」

スターキーはこれで沈黙した。連行される相棒には目もくれず船内に姿を消したのは、見つけられてはまずいものを隠すか捨てるかしに行ったのだろう。

ふう、と息をついた船員は、改めてトールを見る。

「ですがミスター・マツユキ。あなたが刑事事件の当事者であることに変わりはありません。当面、必ず船員に居場所を報告し、ひとりで行動することは慎《つつし》んでください。これは拘束ではなく、あなたの身の安全のための措置《そち》です。よろしいですね？」

トールの「承知しました」という返事を聞いて、船員は去っていく。

つまり条件つきではあるものの、これでトールは身柄を押さえられずに済むわけだ。エイドリアンは安堵のあまり、その場にしゃがみ込む。とりあえずはトールが強盗犯呼ばわりされずに済んでよかった。だが、しかし――。

「トール」

華奢《きゃしゃ》な肩をぽんと叩いて、トールをねぎらったのはグロスハイムだ。

「ひどい目に遭ったね。大丈夫かい？」

「はい――ありがとうございました」

「なぁに、わしは何もしちゃおらんよ。だがまあ、船員の言う通り、N.Y.到着まではもうひとりで行動せんほうがいいな」

ちらっと、はしばみ色の瞳がへたり込むエイドリアンを見る。

「よければ、この年寄りの部屋においで。なぁに、なにもしやせんよ。それともこのアップルトン卿としっぽり過ごしたいかね？」

トールの答えは間髪を入れなかった。あっさりと「ミスター・グロスハイムの部屋にお邪魔します」と答えられて、エイドリアンは「ちょっ……！」と声を上げる。

トールがこちらを見る。

その目の厳しさに、エイドリアンは言葉を失った。それは紛れもない、拒絶のまなざしだった。

（トール……？）

重要な証拠を考えなしに海に蹴り込んでしまって、あやうく逮捕拘束されそうになったことを、恨んでいるのか……？

それとも——。

冷えた海風が吹きつける中、エイドリアンはスターキーの言葉を反芻する。

『誰とでも寝る枕探偵として有名——』

どくん、どくんと心臓が跳ねる。もし——もし本当にトールが、N.Y.から派遣された保険調査員《オプ》だとしたら。そして調査のために自分に近づいて来たのだとしたら……。

（ぼくはもう、利用し終わったということ……？）

「……行きましょう、ミスター・グロスハイム」

トールがくるっと肩を翻し、背を向ける。

「やれやれ、クラウスと呼んでくれと言っているだろうに、日本人はどこまでも丁重だねぇ」

「人生の先達《せんだつ》に、非礼なことはできませんから」

「堅苦しいことだ……まあ、そんなところがストイックでまたそそるんだが……」

遠ざかる老若ふたりの背を、エイドリアンはただ茫然と立ち尽くして見送った。

「なあ、トール」

スイートルームのドアがヘイズによって閉じられるなり、グロスハイムが声をかけてきた。融は「はい」と応じて振り向く。

「君にも色々事情があるんだろうが、よければこの年寄りに、男娼まがいの真似をしてまでローズカッスル家にこだわる理由を教えてくれんかね？」

融は心の底から驚いて、老人を凝視した。この人は、いったいいつの間にそんなことを……。

「……お調べになったのですか」

険しく目を眇めると、老人は手を振って笑う。

「いやいや、いくらグローバル化の時代だからって、パソコンも携帯電話もいじれんジジイに、この海の上でそんな手段があるもんかね。そうじゃなく、たまたまうちのヘイズが知っておったんだ」

融は視線を、老人からその従者へ移した。わざとそういう風に整形したのではないかとすら思えるほど無個性な顔立ちのヘイズは、かすかに頷いたように見えた。

「この男は元々、N.Y.で裏の情報屋みたいな稼業をしとってね——まあ、事情があってアメリカにいられなくなり、今はこうしてわしの秘書兼介護者になっとるが——廃業して出国する寸前くらいの時期に、フリーランスながら腕利きの日本人調査員《オプ》が、凄い仕事をしているという噂を聞いたことがあるそうだ。その調査員は美貌と肉体、それに日本人特有の従順さを武器に調査対象に接近し、どんなに危険な、糸口の摑めない仕事でも引き受けて解決する。その代わり、英国屈指の大船主であるローズカッスル家に関する仕事が入ったら、ぜひ優先的に自分にやらせて欲しいと、あちこちの保険会社の幹部に懇願している——とね」

「今どき、N.Y.で仕事をしている日本人など、珍しくもありませんよ」

融は空とぼけた。

「それが僕のことだという証拠はない」

「証拠はないが、推測は成り立つだろう？　ローズカッスル家の跡取り息子が乗る船に、たまたま昔の知り合いの日本人も同乗していて、これがただの勤め人にしては腕が立ちすぎる。しかも、その傾向があろうとなかろうと、男が気を惹《ひ》かれずにいられないその美しさ――」

老人は昔日《せきじつ》の名残だろう、好色な表情を浮かべる。しかし一転、

「君の目的はなんだね？」

そう尋ねたまなざしは、厳しい怒りに満ちていた。

「その目的のために、エイドリアンを誘惑したのか？　あんなにも一途に君を愛している青年を、君はもてあそんだのかね？　いったい君は彼を――どうするつもりなんだね？」

「クラウス」

融は初めて、この老人を典雅なドイツ風のファーストネームで呼んだ。

「今の僕にとって、彼は――エイドリアンは、もうただの元学友です。ことさら傷つけるつもりはないし、その必要もない」

「つまり憎む理由はないが、愛してもいないと？　だが君たちは、あれほど情熱的に愛し合っていたじゃないかね……」

融はカッ――と赤面した。そうだった。この老人は、エイドリアンに愛される時の僕のあられもない悦びの声を、聞いていたのだ――。

「君もまた、彼を愛している。でなければ、あれほど濃密な逢瀬《おうせ》はありえん。わしは一代の色事師だからね、それくらいはわかるさ」

断定的に言われ、融は苦笑しつつ首を振って否定する。

「僕は男娼同然の身です。男を悦ばせて自分も愉しむのは、得意技だ」

「トール……」

「……彼には目的があって近づきました。あなたが期待するようなロマンスは、そこにはない」

「――そうかい」

老人はどすんと腰を落とすようにソファに座り込んだ。

「残念だよ」

ぽつんと呟くグロスハイムに、融は近寄り、絨毯に膝を突いてその老いた顔を覗き込んだ。

「クラウス……あなたこそどうして、僕たち――いえ、エイドリアンをそれほどまでに案じられるのですか？　初対面だというのに、まるで実の父親か祖父のようだ」

グロスハイムはほろ苦く笑った。

「なぁに、大した理由はないんだ。ただ、わしはこう見えてロマンチストでね。若い頃から、人の愛情というものが時の流れと共に、無残に衰えたり消えたりしていく様を何度も見ながら、どうしてもそれを仕方がないと納得することができなくてね……。この年になっても、この世のどこかに、不滅の、真実の愛がありはしないかと、宝探しのように世界を放浪するのをやめられんのだ。老いの妄執《もうしゅう》さ。笑ってくれて構わんよ」

「……」

融は無論笑わなかった。笑うことなどできるはずがなかった。自分こそ、結局はエイドリアンの愛が――あの人生を変えた愛が、本物であったことを確かめたいがために、英国の寄宿学校《パブリック・スクール》から、日本、N.Y.を経て、長い旅路の果てにこの船にたどり着き、今ここにいるのではなかったか――。

老人の分厚《ぶあつ》い掌が、ふわりと頬に触れてきた。その手に促されるまま、融は顔を上げる。

「だから、明らかに互いを想い合っている若いふたりには、幸せになって欲しいと願っている――それだけさ」

「クラウス……」

駄目だ。この老人にはすっかり見抜かれている。年の功というべきか、それとも、元来人の心を読むことに長《た》けているのか。どちらにしろ「金持ちの放蕩老人」という顔は、クラウス・グロスハイムのごく一面に過ぎないのだ。

慈愛のあふれる目で融を見つめてから、老人はすぃと手を引いた。そして孫を諭《さと》すような口調で告げる。

「まあ――ローズカッスル家に何の屈託《くったく》があるかは知らないが、しばらくはこの部屋で大人しくしていなさい」

「いえ、それは」

融はすくりと立ち上がった。

「そういうわけにはいきません。これは僕が引き受けた仕事ですから――クライアントの信頼に応えなくては」

グロスハイムは眉を顰めた。

「危険だよ。君を襲おうとした輩も、ひとりはまだ自由の身でいることだし……船員たちも、君がまったくの潔白だとは信じていないかもしれない。監視の目を潜って、どうやって調査を続けるつもりだね？」

「いい方法があるんです――。ミスター・ヘイズ」

「は」

突然呼びかけられて、寡黙《かもく》な従者はやや驚いた顔をしつつ、一歩進み出て来る。

そんな男に対して、融は鍵を差し出した。

「僕の部屋から荷物を取ってきてもらえませんか。緑色のトランクの中に、必要な用具一式が入っていますから」

ヘイズはグロスハイムの目をちらりと一瞬見て、了承の意を確かめてから、「承知しました」と一礼して鍵を受け取った。


融は鏡の前で唇を赤く塗り上げ、化粧の仕上げをすると、最後にきらりと光るイヤリングをつけた。少し顎を上げ、左右のバランスを調整すれば、コルセットで腰を絞った、二十世紀初頭の貴婦人の出来上がりだ。

「おお……」

グロスハイムが感嘆の声を放つ。彼もまた、シルクハットまで誂《あつら》えた古風な紳士の夜会の装いだ。

「こりゃあ見事だ。まるでタマサブロウのようだよ……！」

融は思わず、つけまつ毛で飾った目を瞬《またた》く。

「――よく御存じですね。カブキアクターの名前など」

しかも発音が完璧だ。すると老人は愉快げに笑った。

「伊達《たて》に世界を遊び歩いちゃおらんからね。日本にも何度も行ったものさ。あの国は素晴らしかった。特に地方の鄙《ひな》びた温泉で地元の女性たちと全裸で混浴した時はもう……」

「さ、では参りましょうか、クラウス」

好色一代男の回想録が始まる前に、すっと老いた腕をとろうとすると、グロスハイムは融の手の甲にキスをしてから、改めて腕を差し出してくる。さすがに老いてなお色事師を名乗るだけあって、やることがいちいち気障《きざ》だ。しかもそれが様になる。

ヘイズがドアを開け、慇懃《いんぎん》に一礼しつつ、主人と美女を送り出す。融はフロアへと歩き出しながら、こっそり囁いた。

「――顔には触れないで下さいね。化けの皮が剝《は》がれますから」

遠目に見てこそ美女に見えるが、実際はとてつもない厚塗りで誤魔化しているのだ。さすがに、十代の頃のようにはいかない。それに対し、グロスハイムはしばしば色の目に小躍りするような光を浮かべて、囁き返す。

「残念だね。とてもキスしたい気分なんだが」

融は呆れたように眉を持ち上げる。

ついさっき、エイドリアンに対して腹に一物あることをあれほど厳しく咎めたくせに、今はそんなことはおくびにも出さない。つくづく食えない人だ。

エレベーターを降りて向かったパーティ会場の大広間は、すでに大勢の着飾った紳士淑女がさんざめいていた。女性たちのうち半数近くが、融と同様、古風なドレスで装っている。グリーン社創立当時の、客船黄金時代を偲《しの》ぶオールド・ファッション・ナイトと銘打《めいう》ちながらも、特に仮装が義務づけられてはいないのだが、ノリのいい人が予想以上に多いことに、融は却って驚いた。衣装の用意ひとつ取っても、かなりの手間暇だろうに。

　会場をぐるっと見回して、グロスハイムが感想を述べる。

「まあ、本物の百年前のドレスはさすがにないようだが、ジュエリーにはアンティークを使っている者もいるな」

「なぜわかります？」

「宝石のカットが現代とは違うからさ。ほら、あの婦人のネックレスのダイヤモンドなぞは典型的だね。今のものより輝きが地味だろう？　現在ダイヤの研磨《けんま》法として主流になっているブリリアント・カットが一般的になったのは一九二〇年代からで、一九一〇年代当時の主流はまだオールド・ヨーロピアン・カットのはずだ。特にダイヤモンドは、立方体に近い形状であればあるほど研磨された年代が古い。研磨師たちがその時代ごとに試行錯誤を重ねてきた歴史が籠められているからね」

「……」

　老人の薀蓄《うんちく》に融は唖然とし、自らを顧みて、思わず首をすくめる。それなりに様になっているつもりでいたが、自分の装いときたら、ジュエリーは適当なイミテーションだし、ドレスも化繊《かせん》もので、上から下までチープな偽物尽くしだ。おまけに中身まで「ニセ淑女」ときては、笑い者でしかない。

「どうしたんだね。急にしおれて」

「……すみません」

「My lady《マイ・レディ》」

　グロスハイムの老いた深い声が呼びかける。人のいる場で「トール」と呼ぶのを避けたのだろうが、その響きの美しさに、融はハッとした。

「顔を上げて毅然としていなさい。大丈夫だ、君はこの会場のどの婦人よりも美しい。自らそう思い込んで暗示をかければ、ガラス玉だって本物の宝石よりも輝く。そういうものだよ、My fair lady《マイ・フェア・レディ》」

その呼びかけに、融は思わず苦笑した。fair《フェア》という単語の表と裏の意味を、久しぶりに思い出したのだ。「正統な、清く正しい」という表と、「偽善的な、ニセモノの」という裏のそれ――。

それにしても、エイドリアンが呼ぶ時のfairはまさしく正統的な「立派なレディ」という意味になるのに、この陰影に富んだ老人のfairは、「愛すべきニセモノちゃん」というニュアンスになる。その対比があまりに鮮やかで、面白い。

「――おい、見ろよ。グロスハイム老がまた新しい愛人を連れてるぞ」

そんな囁きが、ふと耳に入る。

「こりゃまた凄い美人だな。それにずいぶん若いじゃないか……あの年寄り、まだ女を抱けるのか？　さすがにエスコートのためだけに雇ったコンパニオンじゃないのか？」

「いや、確かサウサンプトンから乗り込んだ時は、秘書とふたりきりだったぞ？　乗船してからひっかけたんだろう。相変わらず女に関しては目が高い爺さんだ」

「あんな美女、乗客にいたか……？」

「さあ……？　それになんだか神秘的な女性だな。綺麗すぎて人間じゃないみたいだ――」

そんな噂話を聞きながら、融はおいおい、と心中で突っ込みを入れる。（こんなツラの皮一枚に騙されるなよ）と、相変わらず欧米で幅を利かせる安っぽいオリエンタリズムにげんなりすると同時に、（騙されてくれて助かる）という黒い思惑も湧き上がる。

そう、騙されてくれなくては困るのだ。トール・マツユキという存在を、人々の意識から消すためにも——。

「これはこれは」

妙に押し出しのいい物腰の壮年の男が、握手を求めてきた。グロスハイム同様の古風な夜会服で装っているが、たくましすぎる筋肉の盛り上がりが、典雅な衣装にまったく似合っていない。休日には必ずジム通いをしてトレーニングを積んでいることが自慢の、典型的な現代のエグゼクティブだ。

「ミスター・グロスハイム。今宵《こよい》は素晴らしいパートナーをお連れで。ご紹介いただけますかな？」

「やあ、これは」

グロスハイムは作法通り、ちょっとシルクハットを取って挨拶した。

「ミスター・グリーン。今宵は百年前の客船黄金時代を偲ぶ夢幻の中の一夜だ。ゆえにマイ・フェア・レディの素性を明かすのはご勘弁《かんべん》を」

「ほう、マイ・フェア・レディ！」

男はそれだけで老人の言わんとすることを了解した。つまり「野暮な詮索《せんさく》はご無用に」というわけだ。

「さすがにグロスハイム老。粋《いき》というものを心得ていらっしゃる」

ミスター・グリーン——これもいわば「アトランティック・グリーン社の幹部」を意味する「仮名」だ——は、両手を広げて老人を讃《たた》える。これで了解は成立した。融は「グロスハイムの秘密の愛人フェア・レディ」として公認されたことになる——女装をしている限りは。

（うまくいった）

ほっ……と安堵の息を吐く。とりあえず今夜だけでも、行動の自由は確保できた。それで充分だ。後は見とがめられずに、この会場から抜け出すだけ――。

「まだだよ、マイ・レディ」

ひそ、とグロスハイムが脇から囁いてくる。

「会場を出るのは、わしと一曲踊ってから――と言いたいところだが、残念ながらこの足なのでね。せめて乾杯してからにしてくれんかね？」

「はい、ミスター」

本当は一刻も早く抜け出したいのだが、グロスハイムにそう言われては、断ることはできない。融は苦笑しつつ、ウェイターの手からグラスを受け取る。

「ああ君、すまんがわしはこの通り身動き取れんのでね。こちらの御婦人に、適当につまむものを持ってきてくれんかね」

「かしこまりました」

体格のいいウェイターが好意的に頷き、ふたりの前から立ち去る。

「――！」

その瞬間、融は、はっ……と息を呑む。

ウェイターの体が退いた向こうに――ダンスフロアを隔《へだ》てて、エイドリアンが立っていた。人々の間に、小さからぬさざめきが起こったのは、彼がこの場の誰よりも優雅に、イブニング・テールコートを着こなしていたからだ。

颯爽たる立ち姿。艶やかな栗色の髪。翠玉の瞳。多くの人が肖像画でしか見たことがないであろう、

「王子様」の出現だ——。

「ミスター」

融は慌てて、グロスハイムの手にグラスを押しつける。ちょぽ、と酒が波立つ。

「お、おい……？」

「ごめんなさい、これで！」

立ち上がり、慌ててフロアを駆け去ろうとする。だがドレス姿の融よりも、エイドリアンのほうが素早い。すかさず、進路を塞いで手を差し出す。

見上げたそこにあったのは、にっこりと笑う顔。

「レディ、一曲お相手を」

「……！」

会場中の視線が集まるのを感じて、融は思わず、ばかやろう、と叫んでしまうところだった。何がレディだ。この余計なことばっかりする坊ちゃんめ。そんな格好で現れて、今度は何のつもりだ——！

くつくつと笑う声がする。グロスハイムだ。この状況を面白がっている。さては融が女装でパーティに出ると彼にリークしたのは、この老人か……。

「踊っておいで、マイ・レディ」

ひらひらと手を振る。

「アップルトン卿はどうやら、わしから君を奪い取るつもりらしいよ」

元来社交界は、男のひそかな決闘の場だ。いかにライバルを出しぬき、いかに注目を集め、いかにその場のヒロインである美女を独占できるかに、紳士たちはこぞって血道《ちみち》を上げる。

(だからって――！)

融は憤慨する。

(なんで僕がそのネタにされなきゃならないんだ――！)

これでは見世物《みせもの》の道化だ。だがエイドリアンは、幼少期からこういう場での立ち居振る舞いを訓練してきたのだろう。どちらかと言えば間が抜けている普段の姿はどこへやら、「見られる立場の人間」としての輝きを、如何《いかん》なく発揮している。

優雅な物腰。自信たっぷりの立ち居振る舞い。美々《びび》しく凜々しい、非の打ち所のない貴公子ぶりだ。

(ふっ、普段はあんなに情けないくせに――！)

仕方がない、とばかり、半ばやけくそでその手を取りながら、融はその面憎《つらにく》さに腹が煮えた。

(こういう場に出た時だけしっかり格好いいなんて、反則だ――！)

フロア中央に滑り出たふたりは、絹がたなびくようになめらかに、リズムに乗っていく。

おお……と称賛の声が上がる。

エイドリアンのダンスは、もちろん正式な訓練を受けた本格的なものだが、武道一般を修めた融も、天性のカンのよさでそれに見劣りしない優雅な動きを見せている。次第に人々は、この一対のためにフロアを空け、彼らのダンスを見守った。

「素晴らしい――」

賞賛の呟きを放ったのは、ミスター・グリーンだ。

「素晴らしい。ああ、これこそ私がこの船で見たかった光景だ。百年前の、古き良き客船黄金時代の再現だ――！」

傍らでそれを聞いたグロスハイムが、にやりと笑う。

ほぼふたりのためだけに奏《かな》でられたワルツが、夢のような余韻を残して終曲を迎える。ええい、こうなりゃ毒食らわば皿までだ、とばかり、融はエイドリアンの手を取りながら、その横に並んで優雅に片膝を突いて一礼した。観客を決め込んでいた紳士淑女たちが、わぁっ……と歓声を送る。

「ブラヴォー！」

ひときわ大きな声を贈ったのは、ミスター・グリーンだ。

彼が近寄って来るのを見て、融はエイドリアンの手を離す。

あ……とエイドリアンが慌てる気配。ひらりと翻るドレスが、ミスター・グリーンの脇をすり抜ける。

人々にうたかたの夢に酔うような感覚を残して、謎のフェア・レディはフロアから姿を消して行った。


大西洋の月の女神《アトランティック・ディアーナ》は、夜も足を休めることなく海を渡る。「ディアーナ」は狩猟の守護神でもあるので、疲れを知らない追い足は、まさしくその名に相応《ふさわ》しい。

夜の甲板に出ると、切るような寒さが全身を襲った。融はふらふらと歩き、プロムナード・デッキに据え付けのデッキチェアに、どすんと腰を下ろす。

（ふう）

首を振る。稼いだ時間を使って、あちこちを調査してみたが――。

（どうもわからない――奴らは、この船を使って何をしようとしているんだ――？　ヘーゼルウッド公爵に、何を焚きつけたんだ……？）

これまでの経緯から、Ａ・グリーン社およびその大株主の背後に、何らかの犯罪組織の陰がちらついていることまではわかった。シェリーとスターキーは、いわばそこからの出向社員だろう。あるいは、今頃は英国のヘーゼルウッド公爵にも、ああいう輩が張り付いているかもしれない。おそらく計画の全容をある程度は知っているはずのエイドリアンの逃亡が、奴らの神経に触ったのだ。

（……奴らの目的はおそらく多額の保険金。ないしはＡ・グリーン社の乗っ取り。そして最終的には、犯罪に巻き込んだローズカッスル家を傀儡《かいらい》化する……というあたりか……）

むしろ本命の狙《ねら》いは、ローズカッスル家の「名」のほうかもしれない。素性の怪しい奴らにしてみれば、由緒《ゆいしょ》正しい英国貴族が持つ信頼性と人脈は、喉から手が出るほど欲しいに違いない――不正資金《マネー》の洗浄《ロンダリング》の道具として。

（昨今はそのほうが、単純に保険金を略取したり、ローズカッスル家の財産を分捕るより数倍の、しかも恒久的な利益になる。それを思えば、一時的に公爵に貸し付ける程度の資金など、惜しくもないだろう。とすると、奴らの正体は少なくとも金には困っていない、逆に有り余る金を持てあましている連中……中南米あたりの麻薬組織というところか）

一国の経済規模を軽く凌駕《りょうが》するとも言われる巨大組織が、かの地には「見えない国家」として歴然と存在する。その勢力が、近年ではメキシコあたりまで伸長し、アメリカ合衆国との国境線では、文字通り目に見えない侵略・防衛戦争が繰り広げられているという。

ただ現在の大統領が就任してからは、国内の浄化作戦がある程度奏功しているとも聞く。あるいは、そちらの進捗《しんちょく》がはかばかしくないことに焦れた奴らが、矛先《ほこさき》を欧州に変え、EU経済圏に食い込む橋頭堡《きょうとうほ》として、ローズカッスル家を選んだとしても、現在の情勢と何ら矛盾するところはない。この推測は、おそらく大まかには当たってるはずなのだが——。

「ふぅ……」

ため息をつく。

「エイドリアンに聞くことができれば、一番手っ取り早かったのにな——」

つくづくと後悔が湧き上がる。彼が告発文書の送り主であることは最初からわかっていたのだから、確証が摑めた後も何食わぬ顔でそばに居座り、いつものようにセックスで籠絡《ろうらく》して、知っていることを一切合財《いっさいがっさい》白状させればよかったのだ——。

（いや）

しかし融は、自分の思惑を否定する。

（それは多分、できなかっただろう。彼は世間知らずのお坊ちゃんだが、一方で純血種のサラブレッドだ。家門の恥を濯《すす》ぐために、自分の身を張ってでも秘密裏に計画を阻止するのだと腹を括っているからには、決して秘密は漏らさないだろう。本物の貴族とはそういうものだ——いい意味でも悪い意味でも）

胸の中でそう繰り返して、だが融はフッと苦笑した。

（いいや、こんなのはただの言い訳だな——要は僕が、彼をいつもの手口で騙すことに耐えられなかっただけだ。彼に、裏のある愛を告げたくなかっただけだ——）

結局はそれなのだ。結局は――。

ザザッ……と波の音。ふと見れば、船室《キャビン》へ続くドアの丸いガラス窓に、女装した自分の顔が映っている。

「London Bridge is broken down,（ロンドン橋が壊れて落ちるよ）……」

そろり、と歌い出す。

「Broken down, broken down.（壊れて落ちる、壊れて落ちる）
London Bridge is broken down,（ロンドン橋が壊れて落ちるよ）
My fair lady.（ほら、綺麗なお姫様捕まえた！）」

あの夏。エイドリアンの想いを受け入れた、あの夏。彼のたぎるような熱。囁き、口づけ――。

融は痩身をぶるりと震わせた。妖しい疼きが、体の中に生まれている。エイドリアンに抱かれたい。彼の熱を全身に浴びたい。淫蕩《いんとう》な欲望に、火がついてしまった――。

（どうしようもないな……）

苦笑いする。融とて若いオスだ。性欲の解消それ自体は、誰が相手でもできる。

だが今は――彼と同じ船に乗るこのクルーズの間だけは、他の男には抱かれたくない。彼でなければ嫌だと、この体が悲鳴を上げている。わがままに、理不尽に、どうしようもなく――。

「London Bridge is broken down,（ロンドン橋が壊れて落ちるよ）……」

ため息のように漏らした一節。

それに、こつり――と、紳士ものの靴音が重なる。

（殺気――！）

融は呼吸を止め、ドレスの裾をシュッと鳴らし、振り向く。

同時に、髪に仕込んだ小柄《こづか》を引き抜き、軽く空を切る音と共に投げ――。

あっ、と声を上げる。

シェイクスピアの舞台よろしく照明に照らされたプロムナードに、エイドリアンが棒のように立ち尽くしていた。その強張った顔の真横に、きらりと光る小柄が、ビィィンと震えながら突き立っている。

「エイ……ドリアン……？」

融は怪訝《けげん》な声を出していた。咄嗟に感じたのは、もっと油断ならない、悪意に満ちた気配だったのだが――？

エイドリアンは声も出ない様子で硬直している。古風――というより、百年前から様式に変化のない厳格な装いに身を固めたその姿で、彼はいきなりべたりとしゃがみ込んだ。

「び、びっくりした――」

はぁ～、と全身で息をつく。

「なるほど、昼間はこうやって奴の手からピストルを打ち落としたんだ……さすがだね」

「な――にをしに来たんだ。まだパーティの途中だろう……」

「何をって」

エイドリアンは翠玉の目を瞠り、きょとんとする。

「君がぼくを呼び出したんじゃないか」

「なに？」

「このカード、君からだろう？」

エイドリアンがポケットから取り出した紙片を、融はむしり取った。名刺サイズのそれを開けてみて、はぁ……と脱力する。

「エイドリアン……君、またグロスハイム氏に騙されたな」

「ええ？」

「僕が自分のことをYour lady《ユア・レディ》（あなたの女）なんて書くはずがないだろう――」

またやられた。あの老人め。わざわざ融の居場所まで探った上でやらかすなど、さてはエイドリアンとの仲を取り持ったつもりか。手の込んだ悪戯が成功して、今頃は腹をゆすってくつくつ笑っているだろう。その姿が目に浮かぶようだ――。

「トール」

甘い声で呼びかけられて、ハッとする。エイドリアンの「ロマンチック・スイッチ」が入った合図だ。まずい。

「My fair lady.（ほら、綺麗なお姫様捕まえた！）」

だが逃れる間もなく、その歌声と共に抱きしめられた。

「君も忘れていなかったんだね。あの頃のことを」

「――ッ」

しまった。聞かれていた。融は全身が総毛立つ。パブリック・スクール時代の思い出に浸っていたところを、見られてしまった――！

「よかった――ぼくだけじゃなかった。ぼくだけの片思いじゃなかった――！」

エイドリアンが腕の力を強める。もう決して離さない、という意思が伝わってくるような力だ。

「愛してる……ぼくも愛してる」

「エイドリアン――！」

「突然ダンスに誘ったりして、驚かせてしまってごめん。でもどうしても君に会いたかったんだ。会って、確かめたかったんだ。君がぼくを、本当に思ってくれているのかどうか――」

「あ……あ……」

馬鹿、融。何をやっている。早く突き放せ。ここで心が折れたら、何もかもブチ壊しだ。この腕の中に頽《くずお》れてしまったら、もう――！

「ありがとう、ありがとうトール――！　ぼくの fair lady……！」

「う――」

融は目を閉じ、湧き上がる涙をこらえた。そして、「違う――！」と叫びながら、エイドリアンの腕を引いた。

ドターン！　と響く衝撃音。融が体勢を立て直した時、甲板には大の字に伸びたまま茫然としているエイドリアンの姿があった。

「自惚《うぬぼ》れるな！　ロード・アップルトン！」

「ト、トール……」

「君はいつもそうだ！　少しがんばりさえすれば、いつでも誰にでも、自分の誠意やまごころが通じるものと信じて疑わない！　人の都合など、まったく考えない！　そういうのを、世間では傲慢《ごうまん》と言うんだ！　そのために僕がこれまでどんなに迷惑を蒙《こうむ》ってきたか、少しは想像したことがあるのか！」

融は怒りと苛立たしさに息を弾ませる。そうだ、この十年、僕がどんな思いで、どんな思いで――！

それを簡単に、なにも知らずに、「片思いじゃなかった、よかった」だって――？

「……！」

エイドリアンは大の字のまま、翠玉の目を瞠った。その凍りついたような表情に、融は図らずも自分の言葉が、触れてはならない彼の劣等感《コンプレックス》に触れてしまったのだと悟る。

「……もう僕には関わるな」

ザ……と波を切る音。

「うんざりだ」

言い置いて、立ち去る。長いプロムナードデッキを、船首の方角へコツコツと歩く。

女神の舳先《へさき》は、たくましく波を切っている。寒風が吹きつける。

背後を追って来る気配がないことに、融は安堵した。そして。

「うっ……」

海面に臨む手すりにもたれ、涙をこらえ、声を殺す。

（そうだ、君はいつもそうだ。昔から、そうだ。結局は育ちのいい貴族のお坊ちゃんなんだ。最後に愛は勝つと、何の疑いもなく、純真無垢に信じ込んでいる――）

でも、と融は心の中で付け足した。

（でも、そんな彼を――正義感が強くて、自分の信念を疑うことをしない彼を、結局は誰も彼もが呆れながら甘やかし、愛して、最後には受け入れてしまうんだ――)

湧き上がる涙を拭いもせず、しゃがみ込む。

(この僕みたいに……!)

エイドリアンが愛しかった。その世間知らずも、少しずれた正義感も、外見の美麗さを裏切る中身の未熟さも、子供っぽいばかりの一途さも、何もかもが愛しくてたまらなかった。愛しさあまって、憎たらしくなってしまうほどに。

(好きだ、君が好きだ……愛している――!)

だが今さら、どうしてそんなことが言えるだろう。打算で近づき、体を重ねた、この自分に――。

思いを振り払うように、顔を上げる。見れば取りすがっていたのは、昼間弾丸の痕跡が発見された手すりだった。半日、海風に晒されたそれは、すでに錆《さび》が出始めて――。

(えっ……)

刹那、融は大きく目を見開いた。まさか、という衝撃と共に、容易には信じがたい可能性が脳裏に浮かぶ。

まさか、まさか――。

慌ててバッグから取り出したのは、手のひらサイズの拡大鏡と、ペンライトだ。それでもって、弾痕を観察した融は、数秒茫然とした。

「そんなことが――」

その時。

「My fair lady?」

エイドリアンのものではありえないだみ声が、不意に背後から呼びかけてくる。

瞬間、バッ——！　と脳髄《のうずい》にまで走る衝撃に、融はドレスを甲板に広げながら倒れる。

（電撃銃《スタンガン》——！）

意識は失わなかった。だが、動けない。

そんな融の上に、男の浅黒い顔がかぶさってくる。

「London Bridge is broken down,（ロンドン橋が壊れて落ちるよ）」

男が歌った。

「My fair lady.（ほら、綺麗なお姫様捕まえた！）」

男の白い歯が、にたりと笑った形で闇の中に映えた。


ノックをすると、扉を開いたのは無表情な秘書のヘイズだった。エイドリアンは思わず、その肩にすがり、そのまままずるりと膝を突く。

「アップルトン卿？　どうなさいました？」

「ヘイズ、どうしよう、どうしよう……！」

「どうしたんだね？」

膝の悪いグロスハイムまでが、杖を突き突き、スイートルームの奥からやって来る。

「トールが、トールがどこにもいないんです。ステートルームにも、デッキにも、ラウンジにも、レストランにも……」

「なんだ、せっかくわしがお膳立てしてやったのに、ゆうべは逃げられてしまったのか」

にやにや笑う老人の顔に、エイドリアンは「そんな悠長な話じゃない！」と声を荒げる。

「もしかすると、奴らに捕まったかもしれない。いいや、もう殺されて、海に投げ込まれたのかも——！」

うっ、うっ、と嗚咽《おえつ》する。主従ふたりの顔色が、にわかに変わった。主人の目の合図を受けて、ヘイズがドアからフロアを見回し、さらには何やら小型の機器を操《あやつ》って、部屋中をチェックし始める。

「盗聴の恐れはありません、Sir.」

「うむ、よし」

老人は重々しく頷いた。

「エイドリアン、ほら、まずは落ち着きなさい。こっちへ来て」

「でもトールが、トールが……！」

「ばかもん！」

グロスハイムの一喝《いっかつ》に、エイドリアンはもとより、ヘイズまでも驚いた。この摑みどころのない老人が激怒するなど、かなり稀有《けう》なことなのだろう。

「男一匹がうろたえて泣くんじゃない！　もし本当にトールの身に変事があったのなら、もう一刻の猶予《ゆうよ》もないはずだ。彼を助けたいのなら、嘆《なげ》いている暇などないだろう！」

ひくっ、と引きつりながら、エイドリアンは老人を見上げた。そして絹のハンカチで顔を拭い、ぶしゅんと洟《はな》をかんで立ち上がる。

「……すみません……お見苦しいところを」

「うん、まあこういう時はまずは落ち着くのが先決だからね。ほらそこに座りなさい。楽な姿勢で構わんよ。どうせゆうべから一睡もしてないんだろう？　ヘイズ、アップルトン卿にお茶を——いや、この際熱いショコラでも淹《い》れてやってくれんかね」

「承知しました」

一礼の後で、何事もそつがない従者がパントリーに消えた後、グロスハイムは改めてエイドリアンに向かい合って座った。

「なあアップルトン卿。わしはこの通りの世捨て人だから、君らふたりが巻き込まれとる面倒事には関わるまいと自重しておったんだが、こうなったらもう仕方がない。君が知る事実を、ありのままに話してくれんかね？」

「……でも……」

「まあ、こんな年寄りは荒事向きじゃないが、うちのヘイズは兵隊としちゃなかなか使いでのある男だよ。まずは話してみなさい。そもそもどうしてトールが命を狙われたと思うんだね？　その根拠は？」

「——その」

エイドリアンは顔を覆った。

「ぼくのせいなんです……ぼくが、祖父と父の企みを知りながら、そしてそれを、トールが調査していることを知りながら、彼に話さなかったから……！」

「君の祖父君というと、ヘーゼルウッド公爵かね？　英国屈指の大貴族が、いったい何を？」

「……保険金詐欺です」

グロスハイムが絶句する気配を感じながら、エイドリアンは続けた。

「祖父は、この船を自沈させて、多額の保険金を手に入れるつもりなんです」

「馬鹿な」

グロスハイムは引きつるように失笑する。

「仮にも女王陛下の臣下たる者が詐欺に手を染めたと？　そりゃあ、ローズカッスル家といえども、昨今の経済情勢を乗り切るのはなかなか厳しいだろうが、いくらなんでも――」

「祖父にそれをそそのかした者たちがいるんです」

そう告げると、グロスハイムは失笑を引っ込めた。「例のシェリーだかカルヴァドスだかいう連中の黒幕かね」と即座に察したのは、さすがに年の功というべきか。

「奴らは、うちの出資者が派遣してきた者たちで――見張り役兼恐喝者といったところです。祖父も父も、多額の負債を盾に、あの連中の仲間に四六時中張り付かれて、すでに傀儡状態なんです」

「英国随一の大貴族が？　そりゃあ、大変な事態じゃないか……！」

さしもの世捨て人も、顔色を変えて気色《けしき》ばむ。ローズカッスル家は代々の権門《けんもん》であると同時に、英国を代表するグループ企業の経営者でもある。それが犯罪組織に乗っ取られたとなると、それは英国経済そのものが乗っ取られたに等しいからだ。

「しかし自沈させると申されましても」

珍しく横から口を出したのはヘイズだ。手には湯気を立ててるショコラのカップ。

「保険金詐欺によくある、個人所有のクルーザーや漁船を沈めるのとはわけが違うのですよ。元から構造に欠陥があったタイタニック号ではあるまいし、多少の小細工をしたところで、今どきのこのクラスの客船がそう簡単に沈むとは思えません。ましてこの船は、最新鋭の新造船なのでしょう？」

「そうだよ。でも見方を変えれば、どんな破壊行為をしても簡単には沈まないってことだ。それに君の言う通り、タイタニック号の当時と違って、今は国際条約で避難ボートの数も乗客定員の倍以上積《せき》載《さい》しなくてはならないと決められている。『事故』が起こって、万一船が沈み始めても、乗客を退避させる時間は充分にある。人死にが出ることは絶対にない。ただ船が一隻《せき》使い物にならなくなるだけで、ローズカッスル家の窮地を救えるだけの金が手に入る――奴らはそう祖父を説得したんだ」

「そりゃあまた――悪魔の囁きだな。文字通り、奴らはヘーゼルウッド公に魂を売らせたわけだ――船主としての良心を」

慄然とした時間が流れる。

「しかしエイドリアン、そのヘーゼルウッド公爵の嫡孫である君が、なぜこの船に？　君は家出してきたと言っていたが――」

「それは嘘じゃありません。奴らの目を盗んで家を脱出し、親類の伯母からチケットを譲ってもらったその足で、サウサンプトン港へ向かったんです」

「この船を沈める陰謀《いんぼう》があると知りながら――かね」

グロスハイムの問いに、エイドリアンは頷く。

「ぼくは父のひとりっ子で、ローズカッスル家にとって唯一の直系男子です。ぼくの身に何かあれば、代々続いた血が絶えてしまう。そのぼくが船に乗っていると知れば、祖父も父も少しは考え直して奴らに抵抗するかと……ぼくは家名を犯罪の汚濁から守るために、自ら盾になるつもりだったんです」

「は～……」

グロスハイムは嘆息を放った。感銘《かんめい》しているのか呆れているのかは微妙なところだったが。そしてヘイズが再び口を開く。

「今さら言っても詮無《せんな》いことですが、アップルトン卿。それならば最初から警察当局に相談なさったほうがよろしかったのでは？　犯罪組織が絡む事案を、あなたひとりで抱え込むのは、どう考えても無理があります」

エイドリアンはヘイズの顔を見つめ、重々しく告げる。

「わかっている。でも、女王陛下のヘーゼルウッド公爵の名を犯罪者のものにすることだけは、どうしても避けたかったんだ。お家大事の貴族根性だと笑いたきゃ笑えばいい。ぼくは生後すぐに母が愛人のもとへ出奔《しゅっぽん》して、父からは自分の子ではないのではないかと疑われ、DNA鑑定で実子だと証明された後も、まったく無視されて育ったんだ。乳母《ナニィ》も執事《バトラー》も、身の回りの世話はしてくれたが、それだけだった。結局ぼくにあれこれと貴族としての薫陶《くんとう》を与えてくれたのは祖父なんだ。厳格な人で、決して慈悲深い『おじいちゃん』ではなかったけれど、それでも、尊属としてぼくを育ててくれたのはあの人だけなんだ」

「……」

「でも、ぼくなりに祖父を翻意《ほんい》させるために、努力はしたんだよ。社交界にローズカッスル家の破産の噂を流したり、船舶保険会社に情報をリークしたり――」

「そうか！」

グロスハイムは膝を打った。

「それで、N.Y.からトールが調査員《オブ》として派遣されてきたというわけか、そうか、そうだったのか……！」

「ええ――それはまったくの、思わざる偶然でした。調査員が派遣されるにしても、まさか彼が現れるなんて」

「そうでしょうか？」

ヘイズが怪訝そうに呟く。

「アップルトン卿、あなたはご存知ですか？　トール……ミスター・マツユキが長年、ローズカッスル家に絡む事件を待ち受けていたことを」

「――えっ？」

「『どんなに危険な事案でも引き受け、どんな手を使っても必ず解決するから、ローズカッスル家に関連する事案があったら、自分にやらせて欲しい』――彼は常々そう懇願していたそうですよ」

グロスハイムが、う～んと腕を組んで考察する。

「その理由はわからんが、トールにはトールの思惑があって、この船に乗ったということだろうな。あるいは君が乗船していることも、あらかじめ察知していたのかもしれん」

「トールがぼくの乗船を知っていた？　まさか――」

そんな、と呟きながら、エイドリアンは回想した。あの曇天のル・アーヴル港。突然現れたトール。だが突然の再会に驚愕《きょうがく》した自分に対して、彼は異様に落ち着いていた。まるでエイドリアンと巡り合うことを、あらかじめ予想していたかのように――。

「まあトールの思惑はいずれ本人に聞くとしてだ――ヘイズ！」

「は」

猟犬のような従者は、主人の意思を自ら察して部屋を出て行った。そのドアがばたんと閉まると同時に、グロスハイムは「エイドリアン」と呼びかけてくる。

「祖父君に罪を犯させたくないがために、我が身を盾にした君のやさしさは貴いものだが――どこぞの犯罪組織が絡んでいるとなると、そのやりようはちょっと生ぬるかったな。奴らは君の身の安全など決して斟酌《しんしゃく》せん。逆にローズカッスル家に、自分たちの息のかかった者を跡取りとして送り込めるチャンスとばかり、君を抹殺にかかるかもしれんぞ」

「……！」

エイドリアンは驚愕を顔に張りつかせた。だがグロスハイムの言う通りだ。現に奴らはトールを抹殺しようとした。エイドリアンをそうしない保証など、どこにもなかったのだ。その時点で、もっと警戒を強め、トール共々スイートルームに籠城するくらいの用心をすべきだったのだ。甘かった。まったく甘かった――。

ヘイズが淹れてくれた熱いショコラを一口飲む。なにをやらせてもそつがない従者の腕は確かで、ローズカッスル家の使用人が淹れるそれよりもいい味だった。カカオの効能で、気分が落ち着く。

だが落ち着くと同時に、一度は止まった涙が滂沱《ぼうだ》とあふれてきた。

「……トール……！」

もし、奴らの手に落ちて危害を加えられていたら。あるいは、命を奪われていたら――！

こんなことなら、昨夜、プロムナードデッキで出会った時、腕から離さなければよかった。どんなに嫌われても、それこそ投げ飛ばされても蹴られても殴られても、懲《こ》りずに食い下がっていればよかった――！

後悔に肩を震わせるエイドリアンを、今度はグロスハイムも叱らない。

「つくづく惚れておるんだなぁ」

「……うっ……」

「羨《うらや》ましいことだ……わしにはとうとう、生涯トシコ以上の存在は現れなかったよ」

思いがけない日系の名に、エイドリアンは思わず目を上げる。グロスハイムはポケットから古びたペンダントを取り出した。

「トシコはわしの乳母《ナニィ》さ。彼女に育てられたわしが、もうかれこれ九十に近い年齢《トシ》だから、軽く一世紀以上前に生まれた人ってことになるな。親の世代に移民してきた日系二世で、少女時代には日本舞踊を習って、舞台にも立ったという美貌の女性だったが、可哀想に、わしを誘拐しようとしたマフィアに殺されてしまってね――」

一九三〇年代、かのリンドバーグ愛児誘拐殺人事件なんかがあった時代の話さ、と続けたグロスハイムは、ペンダントを開け、中をじっと見つめた。件の女性の写真か遺髪が、そこに収められているのだろう。老人の目には、深い悔恨《かいこん》の色がある。

「エイドリアン、マフィアはわしを誘拐するために、一味のひとりに彼女を誘惑させ、わしを連れ出させたんだ。恋人に裏切られた――いや、騙されたと知った彼女は、責任を感じたこともあったのだろう。女ひとりの身で奴らに抵抗して、わしの目の前で蜂の巣にされて……そりゃあひどい死にざまだった――」

金のチェーンをちゃらりと鳴らして、ポケットに仕舞う。そこにあったのは、思わずどきりとするほど陰の濃い、表情のない顔だ。この悪戯好きの陽気な遊び人が――。

「子供心にわしは思ったものさ。わしが金持ちの家の子でなければ、彼女は死なずに済んだんだと。財閥の御曹司って肩書きは、それだけで周囲に悪意を引き寄せる。それに気づいた時、わしはつくづく自分の境遇が嫌になってね。財閥の将来を担うための教育や帝王学を全部放り出して、家の財産を蕩尽《とうじん》して遊び続けた。今思えば、そうして『グロスハイム』という家名に対して、トシコの仇を討《う》っていたつもりだったのかもしれん……」

「……」

「まあ、わしは父や兄貴らと違って、まったく商売人に向いていなかったのも真実だがね。トシコのことがなければ、もうちょっとは商売にも身を入れて、そこそこ経営者らしい人生を送っていたかもしれんな」

黙り込むエイドリアンの顔を見て、グロスハイムが少し照れながら、あのヘイズはトシコの大甥(兄弟の孫)さ——と告げた時、バタン！ と乱暴な音を立てて、ドアが開いた。

「捕まえて来ました、旦那様」

エイドリアンは思わずソファから立ち上がった。ヘイズはその手に、まるで鶏《にわとり》を盗んだ野良猫でも捕まえるがごとく、半ば気絶したスターキーの襟首を摑んでいたのだ。

「これからミスター・マツユキの居所を吐かせます。かなり手荒になりますから、旦那様とアップルトン卿はご覧になりませんように」

ザ……と波の音が騒いだ。

「へっ、もう遅いぜ……」

——約一時間後、前歯のすべて折れた口から血反吐《ちへど》を吐きながら、スターキーは白状した。

「あの調査員《オプ》なら、ゆうべからシェリーとふたりで、散々なぶりものにしてやったさ。今頃は船底で蒸し焼きになってるだろうよ……」


スターキーの自白からさかのぼること、約一時間——。

ゴウンゴウン……と巨大なエンジンの回る音がする。

つめたく湿った空気。埃《ほこり》と機械油の臭い……揺れの感じ方が甲板とは違う。喫水線《きっすいせん》の下、おそらくは船底に近い場所、と融は判断した。目視《もくし》しようにも、目が塞がれているのだ。

（ちくしょう……）

ずるり……と男の逸物が抜けていく感触に身震いしながらうめく。それすらも、口を塞ぐテープのために声にならない。

はぁ、と男が疲労の息をつく音がする。

「さすがだぜ、この具合のよさ——！　こんだけなんべんも突っ込まれて、ゆるみもしやがらねぇ。人間、こんなとこも鍛えれば締まりがよくなるんだな……」

「ああ、無双《むそう》の名器さ。さぞやエイドリアン坊ちゃんも、枯れるまで絞られただろうよ」

くくく、と笑う。再度挿入される感触に耐えながら、融は内心でばかやろうと叫んだ。

——ばかやろう、お前らの粗末なモノとエイドリアンのを一緒にするな。彼はああ見えて凄いんだぞ。それほど巨根でもないのに、挿入されると、脳まで痺《しび》れて骨が蕩《とろ》けるかと思うくらいいいんだぞ……！

かつんかつんと、鉄階段を下りる音がした。紳士物の靴の音から、三人目の男——と判断する。案の定、シェリーが腰を使いながら、「これはダンナ」とにやついた声を上げた。

「ほう、その貴婦人《フェア・レディ》は男だったのかね」

この声——！　と融はぴくりと反応する。あの男だ。ミスター・グリーン……！

「殺《や》っちまう前に、ダンナも一発いかがです？　女とはまた違って、なかなかいい味ですぜ」

「ふん」

グリーン社幹部は鼻を鳴らした。

「貴様らが散々使った後の便所なぞ、足を踏み入れる気も起きんわ。気が済んだら、さっさと始末してしまえ」

「へい、承知しましたダンナ」

「それからな、例の件はボスの許可が取れた。任せるからうまくやれ、とのことだ」

「へい、委細《いさい》お任せを」

再び階段を上がる音。ぎぃ、ばたん、とドアの閉じる音。なるほどね、と融は納得する。グリーン社重役の奴がグルだったのなら、身柄を拘束されたはずのシェリーがここにこうしているのも道理だ。

それにしても、なんと大胆不敵な陰謀だろう。よもやまさか、これほどの巨大客船を自沈させる計画とは——。

「う、っ……！」

シェリーが息を詰める。と同時に、おぞましい感触が広がる。ちくしょう、汚い、汚い、汚い——！

（エイドリアン……！）

心の中で叫ぶ。十年前、僕は君に初体験を捧げた。だから――。

（人生の最後に抱かれるのも、君がよかったのに――！）

男の体が嫌な感触を残して離れる。「そろそろいいか」「そうだな」という会話に、融は迫りくる死を予感した。

（ろくでもない人生だったな――）

ようやく終わった。疲れ果てた気持ちの中で、思うことはそれだけだ。家族に捨てられ、愛した人を憎み、好きでもない男たちに抱かれてきた。だがそれも終わりだ。さて、この連中は刃物を使うつもりか、それともピストルでひと思いに――。

「おい、聞いてるか、枕探偵さんよ」

スターキーの声だ。

「散々楽しませてもらって悪いがな、お前さんにはここで死んでもらうぜ。生きたまま蒸し焼きってのはむごいが、まあちっとの辛抱だ。すぐにエイドリアン坊やも後を追わせてやるから、せいぜい仲良く神様のところへ行くんだな」

「――！」

死んだように身動きしなかった融は、びくんと反応する。なんだと。今なんて言った？　エイドリアンをどうするって――？

「ヘーゼルウッド公爵の手前、ご嫡孫に手をかけるのはまずいと、ボスも最後まで渋っていたらしいんだが、ことここに至っては、口封じもやむをえないということになってな――。あの坊やは知りすぎたのさ」

「ぐ——ッ……！」

「いくら今どきの船が、そう簡単に犠牲者を出さないように設計されているからって、ひとりも死者行方不明者が出ないってのは却って不自然だしな。もし『事故』の調査が行われれば、船底でいけない遊びに耽《ふけ》っていて火を出した女装の変態日本人と、お相手の英国貴族の御曹司の死体が発見されるって寸法さ——」

きしししし、と笑う。融は血の気が引くのを感じた。なんだと、なんだと——！　貴様ら、エイドリアンにそんな汚名を背負わせるつもりか。あの純粋無垢な貴公子に、そんなむごたらしい最期を押しつけるつもりか。許さない、許さない——！

融は猛然と暴れた。だがシェリーとスターキーはそんな融の体を蹴り転がすと、「あばよ」と捨て台詞《ぜりふ》を吐いて、階段を上って行った。待て、待ちやがれ——！　と叫んだつもりの融の声は、ばたりと閉じた鉄扉の内にくぐもる。

キナくさい。おそらく何か火種になるものを投げ込んで行ったのだろう。船舶火災は海難事故としては古典的な部類だが、二十一世紀の今日でも、実はかなり頻繁《ひんぱん》に起こっている怖ろしいものだ。あの不沈を誇ったタイタニック号があっさりと沈没したのも、積み込んだ石炭の自然発火による隔壁《かくへき》の軟弱化が一因という説がある。

（エイドリアン……！）

融はもがいた。自分ひとりならばあきらめて、大人しく海の藻屑《もくず》になってもいい。死後の不名誉など、もう今さらだ。どうせ泣いてくれる家族もない。だがエイドリアンが道連れにされるのだけはごめんだ。それだけはなんとしても阻止しなくては。彼は――彼は、少し間が抜けていて、致命的に世間知らずで、いつも好意が空回《から》りしてしまうけれど、とても愛情深くて、人の幸福を願うことができて……。本物の、高貴な王子様なのだ。間違っても自分のような、汚れた枕探偵と心中していい存在ではない――！

長い時間をかけて、煙が充満していく。融は懸命にもがきながら、目を塞がれたテープの内側で泣いた。

（エイドリアン――！）

神様、どうか。

（エイドリアン……ッ！）

僕に彼を救う力をお与えください。でももし、それが叶わないのなら。

どうかこの命と引き換えに、彼をお守りください。彼はあなたの寵児《ちょうじ》だったはずだ。うっかりと僕のような淫乱に引っかかってしまったけれど、本来彼は、黄金で敷き詰められた栄光の道を行くべき人のはず。どうか彼が、本来の道に立ち戻り、幸せな人生を全《まっと》うして、遠い未来に安らかな死を迎えられますように――！

（エイドリアンッ――！）

ぼっ――と発火する音と熱を感じたその瞬間。

「トール――ッ！」

ばーんと鉄扉が押し開けられる音がして、奇跡のように、エイドリアンの声が響いた。

（な、っ――！）

かんかんかん、と鉄階段を駆け下りる音。「トール!」と叫ぶ声。

この馬鹿っ、来るな! と思った瞬間、案の定、煙を吸って咳《せ》き込む音がする。

「アップルトン卿!」

続いて響いた声はヘイズだった。だが、危険だ、と制止する声にも構わず、エイドリアンの気配がそばにやってくる。

「トール……! ト……!」

ごほごほ、と咽《むせ》ぶ音。その腕が融の体にかかり、抱き起こされ、抱きしめられる。だが抱き上げようとした力は足らず、エイドリアンは融もろともよろりと倒れ込みかけた。

その体を、さらに力強い腕が支える。

「ここは危険です。行きましょう」

ヘイズの低い、素早い囁き。

融は縛られた姿のまま、ふたりがかりで船底から運び出される。やがて交錯《こうさく》する、火事だ火事だの複数の声。乱れ飛ぶ足音。消火器の発射音。

――助かった……。

融の顔から、べりりとテープが剝がされる。「トール!」と呼ぶ声に応えて目を開いた瞬間、網膜《もうまく》に映ったのは、煤《すす》を浴びて汚れたエイドリアンの顔と、必死の色を浮かべる翠玉の瞳だ。

――ああ生きている。君が生きている。ふたりとも、なんとか生きている――!

そう思った瞬間、融は安堵のあまりことんと意識を失った。「トール!」と叫ぶエイドリアンの声が、最後に聞こえたような気がした。

『もう、僕に関わるな――』

美女の姿をしたトールは、そう言ってエイドリアンに背を向けた。

『うんざりだ』

――ごめん、ごめん、トール。

ゆら、ゆら……と船が揺れる感覚の中で、エイドリアンは項垂れ、唇を噛んだ。ベッドに横たわるトールの白い顔を見るたびに、心臓が痛んで死にそうになる。

船医の診断を受けたトールの体には、医師が顔をしかめるほどの、無残なレイプの痕跡があった。あの船底で、ふたりの男たちに寄ってたかって犯されたのだ。

「……くそっ……」

エイドリアンは頭を抱えた。「うんざりだ」どころじゃない。ぼくはとうとう、君をこんなひどい目に遭わせてしまった。ぼくの家が起こした犯罪行為に、君を巻き込んでしまった。ぼくが祖父を犯罪者として告発するのを、避けようとしたばっかりに……!

そろそろ発見救出されてから、十二時間が経過する。だが投与された安定剤の効果か、トールは昏々《こんこん》と眠り続けていた。窓の外はすでに、とっぷりと深い闇だ。

「……ぼくと出会わなければ、君はもっと幸せだったのかな……」

意識の戻らないトールのベッドの傍らで、何気なく呟いた言葉は、自分自身の心臓に刃を突き立てたくらいにぐっさりと来た。本当にそうかもしれない、と思ったら、全身の血が冷えて、震えが止まらなくなった。そうだ、あの学園でぼくと知り合わなければ、君は——。

「悲観的に考えるのはやめなさい、エイドリアン」

ベッドの反対側のカウチに腰かけたグロスハイムが、叱咤する口調で告げる。

「切りがなくなるよ」

「……でも」

「心配することはない。わしのトシコは殺されてしまったが、君のトールはそうじゃない。生きてさえいれば、人は傷を癒《い》《や》せるし、これから幸せになることだってできる。そうじゃないかね？」

「……」

エイドリアンが老人の言葉に是《ぜ》とも非とも言わない間に、ヘイズがせかせかとした歩調でベッドルームに入室してきた。

「どうだね、船の様子は」

「今のところは平穏《へいおん》です。船底火災も、ボヤのうちに消し止められてよかったとしか——ミスター・マツユキが出火元として扱われることだけは、レイプの物的証拠を示すことで避けられましたが、容疑者の拘束は現行犯逮捕か、被害者当人の告発がなければ難しいと」

「ふん、まあ、例のステーキだかバーベキューだかいう男の……」

「スターキーでございますか？」

「ああ、お前が捕まえて来てくれたあの男の自白だけでは、こっちも犯罪事実を立証しがたいからな」

今は縛り上げられてバスルームに監禁されている男を指して、グロスハイムは憮然《ぶぜん》とする。レイプに関しては医師がトールの体から採取した物証があるが、自沈詐欺のほうは——。

「強要自白には、証拠能力はございませんからね」

極悪非道と言っていい「強要」ぶりを発揮した当の本人が、しらりとそう告げるのを聞き、エイドリアンは少し怖気《おぞけ》を振るった。まあ、あの尋問がなければ、今頃トールは焼死させられていた可能性が高いのだが――。

「必要悪というものだよ、エイドリアン」

グロスハイムが告げるのに、エイドリアンは頷き、「わかっています」と答える。

「ありがとう、ヘイズ――感謝している」

嘘偽りなく礼を述べると、ヘイズもまた黙礼を返してくる。それと時を同じくして、ベッド上のトールが「う、うん……」と覚醒の兆候を示した。エイドリアンが、傍らから身を乗り出す。

「トール……？　トール！」

「エイ……ドリアン……？」

茫洋《ぼうよう》とした表情は数秒。すぐにトールは「船はどうなった……！」と鋭い声を上げつつ跳ね起きる。

エイドリアンは慌てて、その肩を押さえた。

「まだ起きちゃだめだ、トール！」

だがトールはエイドリアンの手を跳ねのける。

「呑気なことを言っている場合か！　船底火災は？　この船は、まだ正常に航行しているのかっ？」

「大丈夫だ！　火は消し止められたし、君もぼくも救出されて生きている！　船は普通に航行しているよ。君を、その……暴行した連中も、ひとりはこっちで拘束している！　船がN.Y.に到着しだい、残りのひとりも当局に逮捕を要請するから！」

「僕のレイプ被害なんてどうでもいいんだ！　あんなことくらい慣れている！　それより――」

言いかけて、トールははっと息を止めた。「あんなことくらい慣れている」。その言葉に、エイドリアンがよほど傷ついた顔をしたからだろう。

トールはエイドリアンから目を逸らした。

「――それより、この船に乗っているA・グリーン社の重役がいるだろう」

「ミスター・グリーンのことかね？」

「そうです。その男も一味のひとりだ。いいや、船員たちは誰が敵側の人間か、わからないと思っていい」

エイドリアン、グロスハイム、ヘイズの三人は、改めて息を呑んだ。中でも比較的冷静なのはやはりヘイズで、「では」とトールと目の高さを合わせ、ソフトに、だが冷徹に尋ねてくる。

「では、船長権限で拘束されていたはずのシェリーが、いつの間にか自由の身になって、相棒と一緒にあなたをレイプしたのも……」

「奴が解き放ったのに違いない。N.Y.到着までは、まだ何が起こるかわからないぞ――」

しーん……と凍りつくような沈黙が降りる。

「ヘイズ、武器は何か持ってきていたかね」

グロスハイムが尋ね、ヘイズが答える。

「ピースメーカーを二、三丁ほどは」

調停者《ピースメーカー》とは、コルト・シングルアクション・アーミーという拳銃の愛称である。西部劇でよく保安官が所持している古典的な回転式銃《リボルバー》で、装弾数の多い自動拳銃《オートマチック》が全盛の昨今は、どちらかといえば実用品というより好事家《こうずか》向けのコレクターズアイテム扱いだ。だが拳銃として本物である以上、英国船籍のこの船にそれが持ち込まれるのは、思いっきり犯罪だった。驚愕するエイドリアンをよそに、しかし主従ふたりは平然とした顔つきだ。どうもこのあたり、日本と並ぶ銃規制国である英国国民と、銃大国アメリカの人間とでは、根幹から感覚が違う。

「ヘイズ、すまんがそれを持って、表でこの部屋を警護してくれ。まあこっちにスターキーという人質がいる間は、あっちも下手な真似はせんだろうがな」

「承知いたしました」

いつもながら過不足のない従者は、エイドリアンが茫然としている間にガンホルダーを身に着け、長尺《ちょうしゃく》の拳銃を左脇に収めると、躊躇もなく部屋を出て行った。

「さて、トール」

グロスハイムが杖でたん、と床を突く。

「我々は、君が保険会社に雇われた調査員《オプ》だということも、ローズカッスル家が犯罪組織に教唆《きょうさ》されて起こしかけた自沈詐欺のことも、もう知っている。君をこの船に導いた告発状の差出人が、ここにいるエイドリアンだってこともね」

老人の淡々とした言葉に、トールは唇を嚙む。その顔を、グロスハイムは物やわらかに覗き込んだ。

「なあトール。こうなったらもう、我々は一蓮托生《いちれんたくしょう》の仲間だ。この際、すべてを話してくれんかね？　残る謎は、ただひとつだ。君はなにゆえ、このエイドリアンの実家であるローズカッスル家にこだわっていたんだ？　英国屈指の船主であるかの公爵の、何を探りたかったんだね？」

「……」

「トール？」

「……ローズカッスル家の浮沈に関わるスキャンダルを」

昏い声で、トールは答えた。

「歴史が古い家ほど、往々にして深い闇を体質として抱えている。ましてローズカッスルは、悪名高い東インド会社以来の海の名門だ。そしてそういうものは、一度染まったが最後、簡単には手を切れない。今もそれは、何らかの形で続いているはずだ。僕はその黒い絆《きずな》を、この手でえぐり出して――」

不意に、トールの黒い瞳がエイドリアンを見る。

「……ローズカッスル家を破滅させてやるつもりだった」

「――！」

エイドリアンは言葉もなく、呼吸も忘れて、恋人の目を見つめ返した。


「事の始まりは、十年前に――」

トールはベッド上に端坐《たんざ》したまま語り始めた。

「ヘーゼルウッド公爵が、僕の父に信書を寄越されたことから始まりました」

「お……おじい様が……？」

「そうだよ、エイドリアン――。公爵は、僕と君があの夏の嵐の日、ホテルで会ったことをご存じだったんだ」

「――！」

「手紙の内容はこうだった。『当家嫡孫のエイドリアンが、貴殿の子息トール・マツユキに誘惑され、同性愛関係に陥っている。早急に子息を叱責し、関係を絶つよう手段を講じられたし。講じられぬ時は――』」

「外交問題に発展することを覚悟せい、ぐらいのことは言って寄越したのかね」

「……その通りです」

「そんな！」

エイドリアンは椅子を後ろに蹴倒さんばかりの勢いで立ち上がった。

「そんな……だってあの時は、先にぼくのほうが君を抱きたいって言って、君はそれに応えてくれただけで――！」

「エイドリアン」

人前で生々しいことを言うんじゃない、と厳しい目で睨みつけられて、エイドリアンはうっと絶句する。トールは改めて、諭すような口調で続けた。

「そこまでの事情は、公爵には知る由《よし》もないよ。それにたとえご存じだったとしても、君を鍾愛《しょうあい》されている公は、大事な孫を性悪で淫乱な外国人に奪われたとしかお考えにならなかっただろう。僕が有色人種だったことも、いくらか怒りの火に油をそそいだかもしれないしね」

「……トール……」

エイドリアンはへたへたと脱力し、再び椅子に座り込んだ。なんてことだ。知らなかった。そんなこととはまったく知らなかった――。

「それで、手紙を受け取られた父君は、どうなさったんだね」

「父は――寝耳に水と仰天《ぎょうてん》し、その手紙を手に、僕の母を責めました。お前の生んだ子がとんでもない不始末をしでかした。事は外交問題にまで発展するかもしれない。いったい母親として、この責任をどう取るつもりだ――と」

「はぁ？」

「ええ？」

エイドリアンは、奇《く》しくもグロスハイムと揃って奇声を上げてしまった。

「え、だって、どうしてそうなるの？　子供の起こしたトラブルの責任を、どうして母親が問われなくちゃならないの？」

「そうだとも、それに君は長年親元を離れて、寄宿学校で暮らしていたんだろう？　親の監督責任を言うなら、それは父親と共同のはずじゃないかね。どうして母君が一方的に――」

老若ふたりに代わる代わる質問されて、トールは困ったような顔をする。

「説明しづらいんだけど――日本ではそういうものなんだよ。子供の養育は基本的に母親がやるものだから、女性は子育ての『質』に責任を持たなきゃならない。たとえ手元で育てていなくても、子供のしでかした不始末は生んだ女性の『血統』が悪かったから、やはり責任は母親にある――と考えられてしまうんだ」

「そんな理不尽な――それじゃあ男は子供を生ませっぱなしで、監督責任すら問われないってことになるのかい？」

「いや、法律上はもちろん、婚姻関係にある男女の間の子の監督は夫婦共同のものとされているよ。でも、マツユキ家は……何ていうか、古風な家でね。いまだに百年くらい前の男尊女卑な道徳観を墨《ぼく》守《しゅ》していたし――まして僕の母は父の正式な妻ではなく愛人で、極端に立場が弱かったんだ。父に責められた母は、思い詰めた挙げ句、首を吊って――」

「馬鹿な！」

　思わず叫んだエイドリアンは、トールに黒い目を向けられて、慌てて補足した。

「いや、馬鹿《フール》ってのは君のお母さんのことじゃなくて……その……」

「君が言いたいことはわかるよエイドリアン。僕の母が、父の正式の妻ではなかったことと、父に絶対服従しなきゃいけなかったことの因果《いんが》関係が理解できないんだろう？　そんな馬鹿な話があるかって」

「そ、そう、それだよ。妻と離婚もせずに女性ひとりを愛人に甘んじさせておいたんなら、むしろ道徳的な意味で立場が弱いのは、父君のほうじゃないか！」

「……だからその辺が、古い男尊女卑なんだよ。父はずっと母を、『子供を生ませた家政婦』としか見ていなかったんだ。日本では、社会的地位のある男性の愛人になるってのは、今でも多くはそういうものなんだ。女性が子供を生む道具だった時代の価値観が、まだ残っているんだ」

「ひどい――！」

　エイドリアンは興奮し、また勢いよく立ち上がった。トールはそんなエイドリアンを見て、寂しげな笑みを浮かべる。

「そう、日本でももう今の世代には通用しないから、まして欧米の人にとってはまったく理解の及ばない話だろうね。だから君の祖父君も、よもやまさか自分の私信が、そんな波紋を広げようとは、想像だにしていなかっただろう」

「外交問題にするぞって脅《おど》しも、どこまで本気だったかわからんしな」

グロスハイムが付け足すように言う。

「公爵は、孫を奪われた腹立ち半分、ハッタリをかましただけかもしれん。それにかまされた側も、普通はそんな無茶な脅迫を真に受けたりはせんものだ」

トールは軽く「ええ」と頷いた。

「父もおそらく、こんなプライベートなことが外交問題になるとは、思っていなかったはずです。母を責めたのも、本当は母を――自分の愛人をその弱みで永久に屈服させておきたかったからでしょう。父は家族を自分の支配下に、思い通りに置いておかなければ気が済まない人でしたから……」

「モラル・ハラスメントによるマインドコントロールというやつか――君の父君だとわかってはいるが、嫌な男だ」

父親を非難されて、だがトールはひっそりと苦笑することでグロスハイムに同意する。

「ですが母は、父の予想よりもはるかに強く自分を責め、自ら命を絶ってしまった。もしかすると、それは無力な母なりの、父の圧迫に対する抗議だったのかもしれません」

「それで、父君は母君の抗議の自殺で、少しは反省したのかね？」

融は「いいえ」と首を振って否定した。

「父は――母の死に激怒した父は、僕に勘当を言い渡しました。『貴様の母の死は貴様のせいだ。貴様は母を殺したも同然だ』と」

「そりゃまた、ひどい話だな」

グロスハイムは顔をしかめた。

「そりゃあただの八つ当たりだ。思うに、父君は愛人を死に追い込んだのは自分自身だと認めたくなくて、都合よく君に責任を転嫁したんだな」

「――今思えばそういうことだと思います」

トールはぽつりと零すように呟いた。

「でも、まだ少年だった当時の僕にとって、貴様が母を殺したも同然、という実父の言葉は、本当に重いものでした。僕が――エイドリアンと結ばれてしまったために、母が死んだのだと、僕は自分を責めて、死ぬことばかり考えて――」

「ト、トール、そんな……」

君の責任だなんて、そんなことがあるもんか、と言い募ろうとするエイドリアンを、だがトールはまったく無視する。

「でも僕は、死ぬ前にどうにか母を死に至らしめた罪を償《つぐな》わなくてはならないと思い、そして――思いついたのが復讐だったんです」

「ヘーゼルウッド公爵、ならびにローズカッスル家に破滅を」

「……はい」

トールの頷きを最後に、沈黙が死神の翼のように降りてくる。

エイドリアンは、ただただカタカタと震えていた。鏡を見ずとも、唇がチアノーゼを起こして真っ青なのがわかるほどだ。

そんな、そんな――ぼくの家が、ぼくの祖父がトールのお母さんの仇……？ そんな……！ そんな……！

「どうして……」

俯いた拍子に、涙がぼたぼたと膝に零れていく。

「どうして、ぼくに言ってくれなかった。どうしてぼくに、ひと言連絡してくれなかったんだ——！」

それに対して、心外だ、と言いたげな声が返って来る。

「連絡しようにも、無一文で勘当された僕には、ロンドンまで国際電話をかけるお金すらなかったんだよ。慣れないアルバイトの繰り返しで、自活するのが精一杯で——」

「それだけじゃないだろう、トール」

グロスハイムが口を挟む。

「君はこの船でエイドリアンと再会した後も、十年前の失踪《しっそう》の事情を説明しなかっただろう？　現にエイドリアンは、つい先ほどまで、君が同性愛関係に不安を感じ、不誠実にも黙って逃げ出したものと思っていた。そんな誤解に甘んじてまで、沈黙を保っていた理由があるだろう？」

「それは——」

トールが唇を開いた瞬間。

どおん！　と船体すべてを揺るがす衝撃が走った。

「うおっ！」

カウチから投げ出されたグロスハイムを、トールが咄嗟に助けようとして、共に床に投げ出される。

「トール！」

エイドリアンの叫びに、照明の点滅が重なった。

照明はちかちかと点滅し、やがて点灯時間が徐々に長くなって、安定した。

「トール！　トール大丈夫か！」

「……おいおい」

ひい参った、とばかり、転がった姿勢で声を上げたのは、グロスハイムだ。

「まずは年寄りから先に労らんかい。ああ、死ぬかと思った――」

「エイドリアン」

この場でもっとも気丈で冷静なのは、やはりトールだ。

「クラウスを頼む」

「えっ？」

なんでぼくが、と言いかけたエイドリアンに老人を押しつけて、トールは機敏に――さっきまで意識がなかったとは思えないような動きで――プライベート・デッキへ駆け出て行った。スライドドアが開くや否や、ザッ……と音を立てて、氷点下の風と氷の粒が吹き込んでくる。

寝衣《ナイトガウン》姿のトールが、その寒風の中、手すりから身を乗り出して海面を覗き込んでいる。氷点下の低温の中、素足のままだ。あまりの寒々しさに、エイドリアンは咄嗟に毛布を抱えてデッキへ飛び出し、その痩身を包み込んだ。

「駄目だってトール、体に障《さわ》る！　早く中に入って！」

「そんな場合か！　下を見てみろ！」

言われて、エイドリアンもまた海面を覗き込んだ。そして「うっ」と声を上げた。ぎしぎし……と不気味な軋みを上げて、巨大な氷山が船腹に食い込んでいる。

「作戦は二段構えだったんだな……いや、船舶火災より、こちらのほうが本命の策だったのかもしれない」

「そんな……不可能だ」

エイドリアンは茫然と首を振る。

「タイタニック号の頃とは違うんだぞ。今の客船には、人工衛星からの氷山位置情報が常に入るはずだし、たとえそれがなくても、船ごとにGPSもレーダーも装備されているはずだ。船員全員がグルでもないかぎり、氷山にわざとぶつかるなんて……」

「……」

トールは厳しい顔で黙り込んだ。さっと肩をひるがえし、部屋に戻るその後をついてゆくと、ベッドサイドでは、ヘイズがグロスハイムを助け起こしている。

「ミスター・ヘイズ！　何かインターネットに接続できる機器をお持ちではありませんか？」

急き込むようなトールの声に、ヘイズは目を瞠る。トールが「僕は敵の手に落ちた場合に備えて、記録の残る機器は一切所持していないんです」と告げると、ヘイズは納得したように頷いて主人の老体を支えながら懐を探り、艶やかな黒のスマートフォンを取り出した。「ネットに繋いでみて下さい」と請われ、画面に指を滑らせる。たちまち、その表情が歪んだ。

「——繋がりません。GPSも機能しない」

その答えに、トールは予想していた、という表情で唇を噛んだ。

「ミスター——グロスハイム氏と、エイドリアンを頼みます」

「ミスター・マツユキ……？」

「この船は沈没します。船員が大丈夫だと言っても、決して信用しないで、ふたりを確実に避難船へ乗せて下さい。お願いします」

ヘイズは無個性な顔に驚きの表情を浮かべる。

「どうなさるおつもりですか？」

「調査員《オブ》としての仕事は、まだ終わっていません」

「トール！」

「隠滅《いんめつ》される前に、自沈詐欺の証拠を押さえなくては」

厳しい声でそう告げたトールは、部屋の隅に放り出してあった女物のドレスを手に取った。広げてみて、その惨状に顔をしかめる。引き裂かれ、汚されたそれは、もう着用に適さないばかりか、生々しいレイプの痕跡をとどめていて、見る者の心を引き裂いた。

エイドリアンは思わず駆け寄り、ドレスをトールの手から取り上げ、床に叩きつけながら、「無茶だ！」と叫ぶ。

「トール、君はさっきまでまったく意識がなかったんだぞ！　本来なら絶対安静で、部屋の中を動くのだって――！」

「早く避難ボートに行け！」

「トール！」

「聞いていなかったのか！　この船はおそらく、あと二時間もたない。氷点下の海に沈めば、人の命など一分で尽きるんだぞ！」

「大丈夫だって！　この船は最新鋭の安全機能を備えた客船なんだ。ちょっと氷山にぶつかったぐらいじゃ、航行不能にはなっても、沈没なんかするわけが――」

「エイドリアン」

トールの目が、にわかに厳しさを帯びた。明らかに犯罪者と相対する目だ。

「もしやそれが――この自沈計画のよりどころなのか？」

「……！」

「答えろエイドリアン。君の祖父君は……ヘーゼルウッド公爵は、この船が最新鋭の安全機能を備えているから、死者は出ないと踏んで、自沈計画を承諾《しょうだく》したのか？」

「そ――そうだよ、トール……ぼくはたまたま、奴らとおじい様が話し合っているのを立ち聞きしてしまって、それで――」

「……なるほどね……」

トールは、ふう、とため息をつく。

「残念ながら、エイドリアン。それは奴らの嘘だ」

「えっ？」

「どういうことだね？」

訝《いぶか》しげな顔をふたつ並べるエイドリアンとグロスハイムを見て、トールは冷厳な事実を告げる。

「この船は――本物のアトランティック・ディアーナ号ではない。真っ赤な偽物だ」

「ええっ！」

エイドリアンはグロスハイムと同時に驚愕の声を上げた。ヘイズもまた、無言のまま大きく目を瞠っている。

「そ、そんな馬鹿な――！」

「僕も信じられなかった。だけどそれが事実なんだ。この船は社交界にデビュタントしたての処女神《ディアーナ》なんかじゃない。適当なボロ船に航行システムだけはそれらしいのを搭載して、外側を突貫工事の厚化粧でもっともらしく化けさせただけの、満身創痍《まんしんそうい》の老嬢さ。『最新鋭の安全機能』なんて、どこを探しても欠片もないんだ」

エイドリアンは「い、いや」と手を振って否定する。

「ありえないよ！　トールだって知ってるだろう？　船っていうのは、建造中も、建造された後も、厳重な国の検査を受けて、試運転もして、それからやっと出航が許可されるんだ。古船を新造船に見せかけるなんて、そんなこと不可能だって！」

トールは冷静に答える。

「これは想像だが、おそらく運行許可が下りた後で、どこかの第三国で偽装したものと、本物のディアーナ号を公海上ですり替えたんだろう。僕が襲撃された時の弾痕を憶えているか？　あそこの塗料が剝げて、その下からまったく別の色が覗いていた。転売されてきた古船を新品同様によみがえらせる時に、よく使われる手だ。多分、本物の処女神《ディアーナ》も、今頃は塗り直されてどこかに転売されているんじゃないかな」

トールの推測に、エイドリアンは再反論できなかった。実際、インド洋で海賊に乗っ取られたA・グリーン社の貨物船が、転売された挙げ句に別の船として運用されていた例が、最近あったばかりだからだ。グローバル化など、実は一部の国と地域だけの話。巨大な船一隻をこっそり売り飛ばす、など、そんな無法な話がぬけぬけと通用する程度には、まだまだ世界は広く、闇も深いのだ。

「……どうせ処女航海で沈めてしまうのなら、新造船を使うのはもったいない。詐欺ついでに、本物を売り飛ばして、その分の稼ぎも懐に入れてしまおう——そんなところかね」

グロスハイムが「セコい奴らだ」とうなりながら腕を組む。トールはこくりと頷き、どん、と壁を叩いた。二、三箇所も叩けば、奇妙に虚《うつ》ろな音がする場所が、すぐに見つかる。

「スイートルームの割に、妙に壁が薄くて声が筒抜けだったはずです。この船が豪華絢爛《けんらん》なのは上っ面だけ。実態は映画のセット並みの安普請《やすぶしん》なんだ」

黒い瞳が、一瞬エイドリアンに向けられ、逸らされる。

「奴らは、ヘーゼルウッド公やローズカッスル家を、とことんカモにするつもりなんです。その名も、その富も——」

そう断言したトールが、自分の荷物のほうへ動こうとする。それに気づいて、エイドリアンは息を呑み、咄嗟に前に立ち塞がった。ふたりの視線が、正面からぶつかり合う。

「どいてくれ」

「駄目だ」

「どけ！」

「駄目だ、行かせない！　そんな体で——」

「ロード・アップルトン！」

声そのものが鞭と化したような声が、叩きつけられる。

「これは君が招いた事態だろう！」

「……ッ」

「君はヘーゼルウッド公爵を庇《かば》って、計画の存在を知りながら沈黙を守っていた。人が大勢死ぬかもしれない陰謀を、家の名誉のために、黙って見過ごしていた！　自分が招いた事の重大さを、本当にわかっているのか！」

エイドリアンは全身の血が凍るのを感じた。心臓が止まり、時が止まり、世界が消失したかのようだった。その顔を見つめ、静かな深い声で、トールが告げる。

「君は、奴らの——僕の母を殺した公爵と、僕を犯して殺そうとした連中の、弁解の余地のない共犯者だ。……君に僕を制止する権利はない」

昏も顔色も真っ青のまま、茫然と立ち尽くすエイドリアンをよそに、トールは自分の荷物から衣服を取り出して着替え始める。その決然たる表情に、もはやその行動を制止できる者は誰もいなかった。

「……トール」

いや、ひとりいた。それは意外にも、この場でもっとも弱々しく、今にも倒れそうなエイドリアン当人だった。

「なら、ぼくも行く——証拠探しを手伝う」

「足手まといだ」

ぴしゃりと一撃を食らって、ナイフで刺されたようによろめきながら、なんとか踏みとどまる。

「で、でも、ぼくはみすみす、君がまたあの連中に傷つけられるのを、看過するわけには——」

「殺されるぞ」

「構うもんか」

「それで、自分の命で罪を償えれば、気が楽だと？」

「――ッ」

二本目のナイフ。そのあまりの鋭さに、傍らで聞いていた沈着冷静なヘイズの鉄面皮《てつめんぴ》までもが凍りついた。ああ神様。言葉だけでこんなに痛いのなら、本物の刃を自分に突き立てて死んだジュリエットは、どんなに苦しかったことか――。

「僕の仕事は君の贖罪《しょくざい》のためにあるんじゃない。いい加減にしてくれ」

「トール！」

「それに、同情や憐憫《れんびん》は不要だ。奴らから聞いただろう？　今までだって、僕は色んな男に突っ込ませてきた。一度に複数を相手にしたこともある。『仕事のためなら誰と寝ても平気な枕探偵』。これが嘘偽りない今の僕だ。気に入らないなら、愛していると言ったことを撤回してくれて構わない」

トールはスーツの上着を素早く羽織る。女装姿の麗しさが信じられないほどの、凜々しく戦う男の姿がそこにあった。

「クラウス、どうかご無事で」

一礼する。そして燕《つばめ》のように軽く身をひるがえし、ドアへ向かうその背を、エイドリアンは追うことができない――。

ばたん、とドアが閉じる。同時に、膝が崩れた。

「――うっ……く……」

胸が痛い。あまりに痛くて、子供のように涙が零れ、止まらなくなった。

「ぼくは……なんて間抜けなんだ……。自分の家族が彼の母親を殺したとも知らず……トールが今まで、どんな思いをしてきたかも知らずに、『君を恨んでいない。まだ愛している』なんて……自分ひとりでロマンチックな気分になって……ははは……馬鹿……どうしようもない馬鹿だ、ぼくは……！」

床の絨毯に顔を埋めるようにして、ただ泣く。世界が崩壊していくのがわかった。自分の意志で歩いているつもりだった人生は、とんだ道化芝居にすぎなかった。親愛の情を寄せていた家族は、私利私欲のために幾人もの運命を狂わせた愚《おろ》か者だった。ふたりのものだと思っていた愛は、自分のひとりよがりだった。それどころか、自分はトールにとって敵方の人間で、恨まれ、憎まれていたことにも気づかなかった。自分には、彼の愛を求める資格など、最初からなかったのだ。最初から——。

とん、と音がした。グロスハイムの杖先が、伏せた顔のすぐ横に突かれていた。

「男なら立ちなさい、エイドリアン。そしてトールを追うんだ」

「……」

「わからないかね？　トールの先ほどの言葉。『愛していると言ったことを取り消してくれて構わない』。あれは、彼の求愛の言葉だよ」

「……っ？」

「『取り消してくれ』ではなく、『取り消してくれて構わない』だ。彼は君に判断を委ねたんだ。あれは、できれば取り消さないでくれ、何が起ころうと、誰に汚されようと、そんなことは構わずに愛して欲しい——という切ない願いの籠った言葉だ」

「……！」

エイドリアンは顔を上げた。そこには、深い慈愛の笑みを浮かべた老人の顔があった。

「それに、君は恨まれてなどおらんよ。トールはおそらく、この十年間、心のどこかで、ずっとこう思っていたはずだ。『あの手紙は、本当にヘーゼルウッド公爵が書いたのか？　あるいはエイドリアン自身が、自分の将来が不安になって心変わりし、祖父に乞うて書いてもらったんじゃないか？』とね」

「そんな――！」

「そうともエイドリアン。君が手紙の一件になんら与《あずか》り知らないことは、この船で君と再会して早々に、トールにもわかっていたはずだ。違うかね？」

エイドリアンは思い出す。再会して最初の夜。酔ったエイドリアンを連れ帰ったスイートルームで、「十年間もどこに行っていた。どうして裏切った」と責めたエイドリアンのひと言に、珍しく冷静さを失い、ミネラルウォーターの瓶を取り落としたトールを。

今思えば、常に沈着冷静な彼をして、あの動揺ぶりは異様だった。理不尽な誤解を受けていることを知ったにしても、だ。

「トールは、少なくとも母親の死については、君に罪がないことをもう知っている。逆に君が、『トールのほうが自分を捨てた』と誤解していたこともね。にもかかわらず、彼は君の誤解を解こうとしなかった。それはなぜだ？　彼には言葉に出せない、胸に隠した屈託がまだあるからだ。すぐにトールを追うんだエイドリアン。君自身の口で愛を告げて、その耳で彼の本当の想いを聞くんだ。でなければ彼は、今度こそ本当に君の手から離れていってしまうぞ！」

エイドリアンは電流を通されたように立ち上がった。そして、必死にトールを追い、エレベーターフロアに駆け出て――また部屋に戻ってきた。

「武器を貸してくれ、クラウス！」

手を出して叫ぶと、一瞬驚いたヘイズが、自分のピースメーカーを差し出してくれた。ずっしりと手に重いそれを持って、エイドリアンは再度、スイートルームを駆け出て行った。


「――やれやれ」

グロスハイムは首を振って苦笑する。

「人に『くれ』と手を差し出せば、望むものが与えられて当然と思い込んでいるあたり、彼は徹頭徹尾《てっとうてつび》貴族の御曹司だな」

肩をすくめた主人に、ヘイズも同調するように苦笑する。

「だがまあ、この年寄りを、土壇場《どたんば》で呼び捨てにして喜ばせるあたり、それなりに計算高さもあるようだ。なあヘイズ、東洋では友情のために命を賭ける者のことを『漢《おとこ》』と呼ぶそうだ。この年寄りが十九か二十の若造のように、熱い血をたぎらせるのは滑稽《こっけい》かね？」

ヘイズは無言で首を振り、忠実な騎士のように一礼した。


船内では、すでにパニックが始まりかけていた。

「落ち着いて下さい、落ち着いて！　まずは救命胴衣を身に着けて下さい。御心配なく！　この船は絶対に沈没しません。救助を待つ時間は充分にあります！　慌てて甲板に出ないように！　船外の気温は氷点下です。薄着で出ては命に関わります！　船員《クルー》の指示があるまで船内で待機して下さい！

避難船への乗り込みの必要はありません、出入り口に殺到しないで！」

融はよほど「早く避難船に乗せないと、時間がなくなるぞ！」と叫ぼうかと思ったが、断腸の思いでその場を立ち去った。このままでは確実に死者が出る。だが、乗客たちが集団パニックに陥れば、その数はもっと増えるだろう。今は犠牲を覚悟で、最善最良の道を探るしかない。

操舵室《ブリッジ》前にも、すでに数人の乗客が殺到していた。タブレットを振りかざしながら、「この船は絶対に安全だと言っていたじゃないか！　氷山に衝突するなんて、なにがどうなっているんだ！　おまけに、インターネットまで切断されているぞ！」と怒り心頭で船員に詰め寄っているのは、揃いも揃って身なりのいいセレブリティたちだ。融は彼らを強引にかき分け、「ですから、ここに来られても――」と困惑する船員の鼻先に、身分証を突きつけた。

「オ……保険調査員《オブ》――？」

船員の目が、困惑しつつ、融を見る。またか、とうんざりするが、仕方がない。いつものことだ。小柄で美貌すぎる融の容姿は、ハンフリー・ボガード式のタフガイがするものだと思われている調査《オ》員《ブ》には、およそ似つかわしくないのだ。

目で合図を送ると、船員は期待通りに頷き、融の無言の要求を了承した。一度ブリッジに消え、次にドアを開いた時には、手振りで融に入れと合図する。「どういうことだ！」と激怒するセレブ客を尻目に、融はドアの隙間に滑り込んだ。

「なにか犯罪的なことが起こったんですね？」

「はい、実は航海士のひとりが、コンピューター・ルームに立て籠もってしまって……」

「それは衝突の前ですか後ですか」

「後です。船が突然、イレギュラーに航路を変更し始めて、自動操縦を切って手動に切り替えようとしたんですが、どういうわけかそれができなくて——完全にコントロール不能状態で、氷山に衝突したんです。その直後、彼が、『俺は知らない、俺じゃない！』と喚き出して……」

それは何か知っている、と白状したようなものだな、と融は腹の中で考える。船員たちが集ってかにノックをした。

「ハウスマン、ここを開けてくれ！」と説得を試みているドアに、融もまた取りつき、なるべく穏やかにノックをした。

「ミスター・ハウスマン？　わたしは保険会社から派遣された調査員《オプ》です。この件に関して、大体の真相を知っている。この衝突が、あなたが首謀者に騙されたために起こったことを立証したいんです。お願いです。ここを開けて下さい」

ハウスマンという男にとって、融のその言葉は救世主だったのだろう。間もなく、かちゃんと音がして、コンピューター・ルームに繋がるドアがそろりと開いた。

「——しばらく彼とふたりだけで話を。あなたがたは乗客の避難を進めて下さい」

思わざる事態に動揺していた船員たちは、こくんと頷いて了承した。融はぱたんとドアを閉じ、暗い室内を顧みる。

ハウスマンという男は、英語の姓の印象に反して、意外にも純粋な東南アジア系の容姿を持っていた。埃っぽい臭いの籠もるコンピューターに囲まれた部屋の隅で、頭を抱え、大きな目を見開いて、カタカタと震えている。

融は男の前に屈み込んだ。目の高さを合わせ、語りかける。

「ミスター・ハウスマン？」

「イ、イエス……」

「あなたは、誰に頼まれて、なにをしたのですか？」

「ふ、船会社の重役に命令されて、コンピューターにキー・ワードを入力して……」

男が指し示したのは、デスクトップ・タイプのコンピューター端末だ。液晶画面の中で、プログラミング言語が滅茶苦茶《めちゃくちゃ》に暴走している様子が見て取れる。

「いつです？」

「い、一時間前……！」

「重役というのは、――氏のこと？」

ミスター・グリーンの本名を出して確認すると、ハウスマンはこっくりと頷く。融はほぞを噛んだ。やはり、あいつか――。この体を公衆便所呼ばわりしてくれた、あの男――。

「その命令は、船長を介さずに直接あなたに？」

「イエス……！　ひょ、氷山を避けて航行するプログラムを補強するためだと言われて……！」

「どうしてそんな命令を聞いたのです？　まともな船員なら、船長以外の指示に従うなんてことは絶対にしないはずだ――」

ハウスマンは顔を振り上げて叫んだ。

「お、俺はまともな船員じゃないんだ！　正式な航海士として国で働いていたのは五年前までで、船で同僚とケンカして死なせちまって、そのまま国外逃亡して――！　それで、麻薬の密輸船で働いているところを彼に拾われて、新しい名前とパスポートをもらって」

「アトランティック・グリーン社に送り込まれた――？」

「イエス……！」

船員が頷く。融は思わず感嘆のため息を漏らす。シェリーやスターキーは本命の工作員ではなかったのだ。この弱々しい男こそが、奴らの本当の切り札だったのだ。なんという周到で狡猾《こうかつ》な……。

ハウスマンは、頭髪をかき毟《むし》ってすすり泣いている。

「お、俺は知らなかった。知らなかったんだよう……！　あのキー・ワードがコンピューター・ウイルスを覚醒させる仕掛けになっていたなんて……！　キー・ワードを打ち込んだ途端、GPSもレーダーも、無線LANのルータまで狂っちまって、今はもう、この船がどこにいるのかもわからねぇ……！　アメリカ海軍か沿岸警備隊にSOSを打とうにも、位置情報さえ不明なんだ。この氷点下の海に沈んだら、みんな死ぬ。船員も客も、ひとり残らず死んじまうよう……！」

「落ち着いて！」

融は男の両肩に手を置いた。ゆっくりとさすり、呼吸を整えさせる。

「落ち着いて。あなたには罪を償うチャンスはまだある。まずはそのキー・ワードを教えてください。何かメモを渡されたりは？」

「し、してない。口頭で教わっただけだ――。『Apollo《アポロ》 murdered《マーダード》 Orion《オリオン》.（アポロはオリオンを殺した）』と」

「『Apollo murdered Orion.』――？」

一瞬考えた融は、はたと気づく。

――そうか、ローマ神話では太陽神のアポロは月の女神ディアーナの双子の兄で、妹が狩人のオリオンを愛したことに嫉妬して、海を泳ぐ彼を鹿だと偽って妹に射殺《いころ》させてしまったんだった……。

酒落《しゃれ》たつもりか、と思わず日本語で呟いた時、ドウン……！　と重い衝撃が走り、船が大きく傾いた。融は咄嗟に受け身を取ったが、ハウスマンは壁面のコンピューターに頭をぶつけてうめく。

「ミスター！」

男が頭から血を流しているのを見た融が駆け寄った。それと同時に、パーン！　と軽い音が響く。

——銃声……！

緊張に全身を総毛立たせた融は、だが「ぼくを中に入れろ！　トール！　どこだ！」と喚く声が耳に届いた瞬間、がく……と肩を落とした。

「エイドリアン！」

怒り半分、コンピューター・ルームのドアを開け放つ。

案の定そこでは、ピースメーカー片手の英国貴族の青年が、ひどいへっぴり腰で天井に銃口を向けていた。緊迫したブリッジジャックの場面、のはずが、真剣なのはエイドリアンひとりで、船長以下の船員たちも融も、半ば呆れ返った顔をしている。

「なにをして——！」

いるんだ！　と怒鳴りつけてやるより早く、エイドリアンは開いたドアに体を押し込んでくる。ドアを閉ざす寸前、負傷したハウスマンを、ぽいっとつまみ出すことを忘れない。

ばたん、とドアが閉まる。

「あ、あの——ミスター・マツユキ？」

困惑するドアの外からの声に、「あ～……」と融は返答に困る。

「ここは大丈夫ですから——あなたがたは、乗客の避難を」

「はあ、しかし――」

「大丈夫、ですから」

しっかりとエイドリアンの両腕に抱きしめられ、半ば抱きつぶされながら、融は応える。

「彼はちょっと興奮しているだけです。すぐに、すぐに済みますから」

数秒の逡巡《しゅんじゅん》のざわめき。やがてドアの前から、人の気配が消えるのを、融は口いっぱいにエイドリアンのキスを受けながら感じた。


ぱーん！　と鮮やかな音。融は唇が離れるや否や、情け容赦なく、渾身《こんしん》の力でエイドリアンに平手打ちを食らわせた。網膜が剝離《はくり》しようと、鼓膜が破れようと知るものか。このばかやろうが。

その場に倒れ込んだエイドリアンは、「痛いよ、トール……」とセックスのさ中に愛咬《あいこう》されたような甘い声を上げた。こいつは……と融は握った拳が震えてならない。アバラの一本もへし折ってやろうか、と本気で考えたのを、寸前で自制する。そんなことをして、この状況下で満足に動けなくなったら、本当に命に関わる。

「なにをしにきた！　ブリッジジャックの真似までして！　テロリストと見なされれば、容赦なく射殺されても文句は言えないんだぞ！」

「トール……」

「それに、僕は仕事中だ！　君の相手をしている暇はない！」

「トール、邪魔はしないから、聞いて」

そこにいるだけで邪魔だ、と思ったが、融は無視することにした。時間がない。何とかしてこの船のコンピューターが、システムクラッシャーウイルスに感染していたという証拠を持ち帰らなくては。あの船員の証言だけでは犯罪の証拠にならない。でも、どうやって……？

「ぼくは——ぼくは世間知らずの、なにひとつわからないお坊ちゃんで……」

「……」

ぎしっ……と不気味に船体が軋む。氷山が航行能力を失った船を、横腹から押しているかのようだ。

「取り柄《え》なんて、本当に外見くらいしかないし——」

どうしよう。融は思案に暮れた。自分は決してコンピューターの専門家じゃない。こんな豪華客船一隻を動かすほどのシステムなど、とても手に負えるものじゃない。プログラムをコピーして持ち帰ろうにも、ＣＤロムの一枚も準備していないし……。

「君に嫌われても仕方がない、どうしようもない奴だ……でもね」

いっそすべてプリントアウトして紙ベースで持ち帰るか？　いや待て、そもそもプリンターがない……。

「でもぼくは、君を愛していると言ったことを取り消すつもりはない」

「……！」

その言葉に、融はエイドリアンの目を見つめ返す。それに気をよくしたのか、エイドリアンは得たりとばかり、畳みかけてきた。

「おじい様の手紙の件は、誓って、ぼくは何も知らなかった。ぼくは心の底から、君がロンドンに——ぼくのところに戻って来てくれることを願っていた。ずっと君を待ち続けていた！」

ズ……ン、と船が揺れる。

「もっとも、ぼくは君も承知の通りの粗忽者《そこつもの》だから、もしかすると知らないうちにおじい様に勘づかれるようなことをしていたのかもしれない。だから君のお母さんの死に対して、ぼくは責任を逃れようとは思わない。もし、君が――」

ごくん、と固唾《かたず》を飲む音。

「もし、君が、お母さんの仇を討つことを望むなら、ぼくはこの命で罪を贖《あがな》ってもいいと思っている」

「……」

翠玉の目が、痛々しいほど真剣なまなざしを送ってくる。本気なのだ。彼はいつでもそうだが、自分の命すら本気で差し出す覚悟なのだ。融はついと視線を外し、その右手にあるピースメーカーを凝視した。

「エイドリアン」

右手を出す。

「それを貸せ」

ぎくん、と震えたエイドリアンは、蠟のような白い手を震わせながら、それでも素直に拳銃を差し出した。

融は銃を扱い慣れた手つきで、シリンダーをスライドさせ、残弾を確かめて装塡《そうてん》し直す。

「そこに跪《ひざまず》け」

顎でしゃくって、冷たい声で告げると、エイドリアンは、それにも逆らわずに従う。

その従容《しょうよう》とした態度に、融はパブリック・スクール時代に学んだ英国史を思い出した。その昔、斬《ざん》首刑《しゅ》に処される貴族や王族たちは、執行の日に備えて、首切り台に首を載せる作法を懸命に学んだという。侍の切腹のように、彼らの祖先もまた、美しく立派な死の作法を持っていたのだ。

後ろに回り込み、銃口を、ごりっと後頭部に当ててやる。エイドリアンは震えていたが、取り乱しも、命乞いもしなかった。ただ静かに、手を組んで祈る姿勢に、さすがだ、と思うしかない。

——さすがだエイドリアン。君は本物の貴族だ……。

「……言い残すことは？」

ぐらっ……と船が揺れる。融は撃鉄《げきてつ》を指で引き起こした。かちゃんと静かな音を立てて、シリンダーが六分の一回転し、固定される。

「君の幸せを——永久《とわ》に」

静かな声だった。閉じた瞼から、すぅ……と涙が零れる。

融は引き金を引いた。パーンパーンパーンと、続けざまに三発。

立ち込める煙。硝煙の臭い。

目を開いたエイドリアンが、茫然とした顔で硬直している横を、融はすたすたとすり抜けて壁際へ歩み寄った。三発の銃弾を食らったコンピューターが、断末魔のようにシュウゥゥ……と音を立てて、機能を停止させていく。

融はその破壊口から、辞書程度の大きさのボックスを無理矢理引きずり出した。配線を引きちぎり、

「よし、何とか物理的破壊はまぬがれたな」と満足げに呟く。

「ト、トール……それ……」

「このコンピューターのハードディスク。データを持ち帰れないなら、モノを持ち帰るしかないだろ

う。この中にウイルスそのものが残っていればいいんだが」

「……」

トールの乱暴なやり方に呆れたのか、それとも命を取られなかった意外さに茫然としたのか、エイドリアンは口を半開きにしてこちらを見つめてくる。

「……エイドリアン」

融もまた、彼を見つめ返して告げた。

「僕はね——ずっと、こうして君を殺す日を夢見ていたんだ」

「……！」

エイドリアンの表情に、混乱が加わる。それはそうだろう。たった今しがた、自分の命を取らなかった相手に、「ずっと殺してやりたかった」と言われれば、「じゃあ、どうして助けた？」と聞きたくもなる。

融はふう……と長く息を吐いて、口を開く。

「エイドリアン。ローズカッスル家やヘーゼルウッド公爵への復讐など、僕にとって、本当はもうどうでもいいことだったんだ。辛酸《しんさん》を舐め尽くしたこの十年間は、憎しみや自責の念を洗い流し、消し去るには充分な時間だった——」

かちゃ、という金属音と共に、融はエイドリアンの手にピースメーカーを返却する。

「それでも調査員《オプ》を続けていたのは、ただ食べていくためだけの惰性みたいなものだ。枕探偵には枕探偵なりの需要もあったしね。だからこの仕事も、あの告発状に、君がうっかりといつもの癖で署名をしかけた痕跡を見つけなければ、引き受けなかったかもしれない——」

そう、知っていた。ローズカッスル家のことを調べ尽くしたこの十年の間に、トールはかの家で使われている便箋《びんせん》類のメーカー名以外にも、エイドリアンが文書に署名する時に、最初にペンを紙に下ろす角度や、その位置の癖まで知り尽くしていたのだ。だからあの時、N.Y.で告発状を見せられた瞬間に、これはエイドリアンの手から発せられたものだと確信することができた。この手紙の導きに従えば、彼に会うことができると思った。会って、この十年間の決着をつけることができると、ひそかに歓喜した――。

「エイドリアン、僕が、ローズカッスル家に関わる仕事を欲しがったのは――本当は復讐のためなどではなく、そうすれば君に会えるかもしれない、と思ったからだ」

まだ茫然としたままのエイドリアンは、拳銃を唯々諾々《いいだくだく》と受け取りながら、驚いたように目を瞠った。

その顔に告げてやる。

「犯罪の渦中で君に会えば……どさくさに紛れて、この手で殺してやる機会を得られるかもしれない、とね――」

「トール……」

茫然と、青い顔のエイドリアンが呟く。

「君は――やっぱり、そんなにもぼくを憎んで……」

怯えたようなその声に、カッ……と、脳裏に閃光が走る。瞬間、融は普段の冷静な仮面をかなぐり捨てていた。

「ああ、憎かったよ！　憎くて憎くてたまらなかったよ！　だって、そうだろう……？　たとえ君が、僕の母を死なせた手紙の件を何ら与り知らなくても、君の大貴族の御曹司としての幸せは、君と無理矢理引き裂かれた僕の悲嘆と、そんな僕のために自死した母の、血と涙の上に築かれたものだ。僕はねエイドリアン、君が美しい女性の隣で笑っているタブロイド紙を見るたびに、それだけは許せないと思ったんだ。君が、生涯僕を愛するという誓いを破り、僕のいない場所で、僕以外の人と幸せになっていくのを見るのだけは、どうしても許せなかった。僕はこの十年間、君が恋しくてたまらない夜を、幾度も好きでもない男の腕の中で過ごさなきゃならなかったのに……！」

ぐらっ、と体が揺らめく。

「トール！」

支えようと差し伸べられた手を、しかし融はぴしりと厳しく払いのける。

「だから──だから僕は、君を殺して、自分も死ぬつもりだった。エイドリアン……！　君を誰にも渡さないために……！　君を奪い返すために……！　永遠に君を、僕だけのものにするために……！」

融は機能停止したコンピューターの壁面に、どん、と音を立ててもたれた。そして涙が目からあふれて床にしたたっていくのを、自分の目でひたすらに見つめる。

──そうだ、さっきやったようにして、君の命を奪って、すぐにその場で共に死ぬことが……それだけがこの絶望的な人生の中での、僕の夢だった。そうすれば、この汚れた体を抜け出て、魂だけで君と愛し合うことができるだろうから──。

「それが、この船に乗った僕の本当の──真実の望みだった……エイドリアン……」

押し殺した嗚咽のみが聞こえる、痛いほどの沈黙。

エイドリアンがこちらへ歩み寄ってくる気配にも、融は顔を上げられない。言ってしまった。ついに、この十年間腹の底に隠していた本心を――。

「トール……」

甘く囁く声。端正な手入れの行き届いた手が、両肩を摑んで、顔を上げさせようとする。

そのやさしい力に、融は逆らった。頑《かたく》なに、顔を上げない。

「トール、聞いて」

「……っ」

「君の慰めになるかどうかわからないけれど……ぼくも、君に会えなかったこの十年間、とても寂しくて、孤独で、君が恋しくてたまらなくて――とても不幸だった。誰を愛そうとしても、どうしても君ほどには愛せなくて、いつも相手を傷つけ、自分もつらい思いをして――」

「うん……」

融は顔を上げない――上げられないまま、こくんと頷く。

「知ってる――もう知ってる。だから僕も、もういい、と思ったんだ。君は僕を忘れていなかった。忘れられないことに、苦しんでいた。それで充分。それだけで充分だと――」

ぎぎぎ……と船が揺れている。早く脱出しないと、と頭の隅で思う反面、いつまでもここで彼とこうしていたい、という邪《よこしま》な気持ちが湧いて、体が動かない。

いつまでも、ここでこうして――君と一緒に、海の底へ。

甘美な思いに浸りかけて、だが融は、ぶるぶると首を振った。

何を考えている。船底で蒸し焼きにされかけた時は、あんなにも彼の無事を祈ったのに、どうして今はこんな――。

「エイドリアン、君は幸せになるべきだ——僕以外の誰かと」

「トール！」

「奴らから聞いただろう？　僕はもう、もう一度君と愛し合うには、取り返しがつかないほど汚れてしまった。復讐心——いや、母の死に対する自責の念から、自分自身を痛めつけすぎてしまった。そうでもしなければ、『貴様が母を殺したも同然』という父の言葉の呪いから、逃れられなかったんだ……」

　母を死に至らしめた償いに、自分自身の心と体を犠牲にして母の仇を討つ。そうしなければ、こうして生きていることすら許されないような気がしたから——。

　だが今はそれが、くだらない妄執《もうしゅう》でしかなかったと断じることができる。母は融の一件以前から、愛人としての立場の弱さや、父の横暴に悩まされていて、そういうことが積み重なった上で自死したのだのだと納得もしている。自分の子を生んだ女性に、そんな接し方しかできなかった父も、所詮《しょせん》は古臭い家長の沽券《こけん》にがんじがらめの、つまらない哀れな男だ。延々と時間を費やして憎悪するほどの価値もない。そして、そんな家族の関係に十年も振り回され、自分を傷つけずにいられなかった融自身も。

「それにね、エイドリアン……僕はずっと君を猜疑《さいぎ》していたんだ。父の手に渡ったあの手紙は、本当は君が書いたものじゃないかって——馬鹿だろう？　君のほうは、約束を破って、ロンドンに戻ってこなかった僕を、とうに許して、温かく想い続けていてくれたのに——」

　融は顔を上げた。痛ましげな、困惑するような翠玉の目が、自分をひたすら見つめている。

「僕は自分が許せない」

「トール……」

何もかもが、だ。犯してきた過ちも、疑い深い醜《みにく》い心も、汚れた体も——なにもかも許せないのだ。

「だからもう、今さら君と愛し合うことはできない」

肩に置かれた、温かい大きなエイドリアンの手を捥《も》ぎ離す。断腸の思いだった。ずきんと、心が悲鳴を上げる。この手を離してしまったら、もうこれっきり、彼に触れることはないだろう。これが最後の、彼の——。

その時不意に、背後でバーンとドアの開く音がした。同時に、パンパンと発砲音。融は、右肩に焼けつくような衝撃を受け、エイドリアンの胸の中に吹っ飛んだ。

飛び散る血、硝煙の臭い——。

「トール！」

その瞬間、エイドリアンが取った行動は、彼にしては上出来だった。咄嗟に融の背後に向けて発砲し、融の体を抱えて、デスクの陰に隠れたのだ。

だがその後がいけなかった。装塡数六発のうち、すでに四発発砲しているピースメーカーを、即行で二発撃ち尽くしてしまったのだ。かちん、と撃鉄の空撃ちの音を立てて「あれ？」と首を傾げる様子に、融は激痛に耐えながら、「ああ……」とため息をつく。

「馬鹿か君は？　拳銃っていうのは無限に弾が湧いてくるわけじゃないんだぞ。こういう時は残弾数ってものを考えて撃たないと……」

「ご、ごめん……」

エイドリアンが身を縮める。融は、撃たれた肩から血を流しながら、再度「ああ……」と嘆息した。

──結局、一緒に死ぬことになるのか。この馬鹿坊ちゃんめ。僕のあの悲壮な決意はなんだったんだ……。

こんなことなら、もっとこの男に抱かれておけばよかった、と融は焼けつくような後悔を感じる。

(馬鹿は僕のほうだ。本心ではエイドリアンが好きで好きでたまらないくせに、手を離そう、別れようなんて考えて、今になってそれを後悔するなんて……)

「これはこれは、坊ちゃん」

ドアの位置から、ミスター・グリーンの声。その横には、ピストルを手にしたシェリー。庇っているつもりなのだろう。融を抱くエイドリアンの腕の力が強くなる。

「それに麗しくもタフガイな探偵さんも──」

「呆れましたたな。相棒とふたりであれだけなぶってやったのに、たった一晩で身動きできるようになっていたとは。さすがに、使い込んだカラダは違う」

ニヤニヤと嘲笑するシェリーの声に、エイドリアンが全身の毛を逆立てたのがわかった。嫉妬と怒りの化身、「緑の目の怪物《グリーンアイド・モンスター》」の顕現《けんげん》だ。

「──トールを侮辱するな」

「ほほう?」

「彼はこのぼくの……アップルトン子爵エイドリアン・ローズカッスルの婚約者《フィアンセ》だ」

え? と融は驚き、びくんと痙攣《けいれん》した。

「ぼくたちはこの船で再会し、十年の歳月を経て、お互いの愛情を確かめ合った。死がふたりを分かつまで──いや、死すとも永久に離れないと誓った仲だ」

――っ、ちょっと待て。なにを言い出すんだ君は……！

頭が混乱する。だがエイドリアンのあまりにも真剣な様子に、声に出すことができない。

「離れ離れの、互いに疑い合った十年間ですら、ぼくたちの愛を壊すことはできなかった。まして お前たちなどが一度や二度、彼を劣情で踏みにじったところで、引き裂くことなどできるものか！」

エイドリアンは融の体を抱え直す。そして、高貴な獅子が咆哮《ほうこう》するように叫んだ。

「ぼくたちはひとつだ！　決して離れない！」

「……っ」

エイドリアンの腕の中で、融は思わず胸が詰まった。

――そうか、エイドリアンはこうして奴らに啖呵《たんか》を切ってみせるために、婚約者だなんて言い出したのか。数知れぬ男たちと寝た過去や、レイプなどで、自分の愛情は変わらないと宣言するために――。

（エイドリアンッ……！）

融は恋人の体を抱き返した。何かが、すとんと――重い鎧《よろい》を脱ぐように、体から落ちていったような気がする。

君はなんという男だ。なんと、大きく熱い愛をくれる男だ。こんなにも罪深い僕を許してくれるのか。こんなにも汚れた僕を愛してくれるのか――。歓びの涙が、あふれて止まらない……。

「なるほど、なるほど」

ミスター・グリーンが大げさに感銘《かんめい》のジェスチャーをする。

「代々続く貴族の御曹司のご婚約者となれば、たとえ売女《ビッチ》であっても、失礼はできませんな。丁重に、おふたりご一緒に、あの世へ行っていただかねば」

エイドリアンの腕が、ぐっと緊張する。

「――トールを苦しめたら、承知しないぞ」

「潔《いさぎよ》いことだ」

にたりと笑う声。こつ、こつと暗殺者が歩み寄ってくる足音。ちゃきっ、とピストルを構える音。緊張する空気。

「……ごめん、トール」

エイドリアンは悔しげに囁いた。

「結局、守ってあげられなかった……」

「……いいんだ」

肩の銃創《じゅうそう》の痛みなど、なにも感じないほどのあふれる歓びの中で、融は首を振る。

この男の気高い愛に包まれたまま、共に死ねるのだ。これ以上の幸福があるだろうか――。

「充分だよ……」

愛してる――と最後に互いに呟いて、目を閉じる。そして、最期を待つ。

パーン、パーン、と、銃声が響いた。

エイドリアンとトールの目の前で、シェリーが声もなく、血しぶきを噴いて倒れた。ワンショットで頭部的中。凄い腕前だ。

「えっ……」

エイドリアンが驚愕の声を漏らす。同時にドアのところで、「おっと」と老人の声が聞こえた。ちゃきっ、とシリンダーの鳴る音。

「動きなさんな、ミスター・グリーン。わしは少々膝は傷めとるが、手はまずまず達者に動くんだ。グレてた頃に使い慣れたピースメーカーの引き金くらいは、今でもブレずに扱えますぞ」

「グ、グロスハイム老……！」

「ふっふっふ、それにこのヘイズはね、今でこそわしの秘書なんぞに納まっちゃいるが、以前はN.Y.の裏社会で恐れられたヒットマンだったんだ。人ひとりの頭を吹っ飛ばすことくらい、メロンをつぶす程度にしか思わん男さ」

くつくつ、と喉を鳴らす。機嫌のいい猫のようだが、その陽気さが却って不気味だ。エイドリアンがそろっとデスクの陰から首を出して窺うと、グロスハイムは正確な両手保持で、銃口をミスター・グリーンの側頭部に突きつけていた。映画のモノマネではない、きちんと正規の訓練を受けた構えだ。

そしてミスター・グリーンの背後からは、生々しい硝煙を上げるピースメーカーを手に、ヘイズが歩み寄ってくる。ドアをすり抜け、入室すると、絶命したシェリーの手から自動拳銃《オートマチック》を取り上げ、エイドリアンに差し出しながら、「大丈夫ですか」と尋ねる。いつも通りの、平然とした声だ。

「ぼくはどこも……でも、トールが撃たれて……！」

「診《み》せて下さい」

ヘイズはてきぱきと、トールのシャツを片側剝いで傷口を確かめる。トールは痛そうな顔をしつつ、「大丈夫だよ」と答えたが、ヘイズは一目見るなり顔をしかめた。

「弾が貫通していません。なるべく早く摘出《てきしゅつ》が必要ですが、この位置では素人の手当ては危険です。下手をすると、動脈を傷つけて大出血してしまう」

今はこのまま止血処置だけして、すぐに避難船へ、と告げる。ヘイズが自分で担ごうとする手を、無論エイドリアンは阻止した。

「君はグロスハイム氏の介助を。トールはぼくが」

「承知しまし……」

ヘイズの端正な言葉が終わらないうちに、船全体をズトンと衝撃が貫いた。続いて、音もなく傾く感覚。「おわっ！」と声を上げて、真っ先に転倒したのはやはり膝が悪いグロスハイムだ。からんと音を立てて、床にピースメーカーが転がり落ちる。その拳銃めがけてミスター・グリーンが飛びついた。「このクソジジイーッ！」と喚きながら、グロスハイムに向けて銃口を向ける。

「旦那様ァッ！」

アメフト選手のような跳躍を見せたのは、ヘイズだ。グロスハイムの眼前に身を投げながら、発砲。ミスター・グリーンは手を打ち抜かれて悶絶《もんぜつ》した。しかしヘイズもまた、その場にガクリと膝を突く。

「エルマー！」

グロスハイムが叫んだ名は、ヘイズのファーストネームだろう。従者の白いシャツに、たちまち鮮血が広がっていく。

「このっ……」

エイドリアンはシェリーから奪った自動拳銃《オートマチック》を、ミスター・グリーンに向けて発砲した。急所以外の場所に当てて抵抗力を奪ってやるつもりが、壁面や柱に跳弾するばかりで、何発撃っても当たらない。「くそっ、くそっ」と発砲を続けるうちに、ミスター・グリーンは悲鳴を上げて逃亡してしまった。その後ろ姿に、エイドリアンは悔しさを噛みしめる。ああもう、なんで自分はこういう場面で、いちいち無能ぶりをさらけ出してしまうんだろう――！

「エルマー！　エルマー！」

グロスハイムは若い秘書の体を抱きかかえ、狂気のように叫んでいる。トールが自分の負傷も顧みず傷口を確かめたが、シャツをめくるなり、絶望的な表情で首を振った。

かぼそく、うめくような声が上がる。

「だ……旦那様……ご無事で……」

「このばかもんが、こんな年寄りを庇いおって！　お前は下手すりゃわしの孫と言ってもおかしくない年齢《トシ》なんだぞ。わしより先に死ぬなど許さん、しっかりせい！」

「申し訳ありません……」

また、ぐらっと船が傾く。徐々に傾きが大きくなっていくのが、誰の身にも体感として伝わってくる。

「わたしは……トシコ・ワカマツの大甥ではありません」

唐突に、ヘイズが静かな声で告げる。

「彼女の血など一滴も引かない、赤の他人です……」

グロスハイムが、老いた目を瞠る。

「何を言っておるんだ！　そんなことが、あるわけ――」

「本物のエルマー・ヘイズは、二十歳の頃、シカゴの裏町で薬物過剰摂取《オーバードーズ》によって死にました。わたしは……その時、けちな強盗容疑の指名手配から逃れるために、売りに出ていた彼の身分証を金で買って、か、顔を日系人らしく整形して……」

淡々とした告白を、だがグロスハイムは一顧《いっこ》だにしない。ただひたすら、ヘイズの意識を繋ぎ止めようと両頬を叩いたり、さすったりしている。

「エルマー……！　もういい、しゃべるな！」

「それから……う――裏社会でドジを踏んで、追われているところを旦那様に助けていただいて――最初は、秘書役を都合のいい隠れ蓑《みの》としか思っていませんでした。でも、旦那様はわたしを、生涯最愛の人の形見として、この上なく大事にして下さった――それが心苦しくて……いつかはこの命を賭けて、恩をお返ししなくてはと……」

「エルマー――！」

「申し訳……お逃げ下さい、旦那様……」

ヘイズは目を閉じた。ひゅーっ、ひゅーっと喘鳴《ぜいめい》が続く。まだ彼の生命は途切れていない。だが時間の問題だろう。

重い沈黙が降りる。また船内のどこかで、ズズ……ンと不気味な振動が起こった。

「エイドリアン」

グロスハイムが、ヘイズを抱きしめたまま告げる。

「トールを連れて行きなさい。わしはここに残る」

えっ、とエイドリアンは息を呑む。

「でも――！」

「この子を……エルマーをここに残しては行けんよ。それにどの道、わしはこの足だ。介助者なしでは避難船までたどり着けん」

「でもっ……それじゃ、ミスター・ヘイズの意志が――！」

「トール、この子はね、確かにトシコの大甥なんだよ」

グロスハイムの顔は、泣き笑っていた。

「馬鹿者が、下手な嘘をつきおって――この物騒なご時世《じせい》に、仮にもグロスハイム家の一員が、きっちり身元を調べもせん者を傍に置いておくわけがなかろうに。それに、トシコの血を引いていないからといって、『そうだったのか、じゃあいらない』などと、わしがあっさりお前を見捨てて逃げるとでも思ったのかね。情けない……」

死の寸前の痙攣に瞼を震わせる顔を、グロスハイムは老いた手で撫でる。その手つきは、主人から忠実な従者への慈《いつく》しみ、あるいは老人から孫への情愛というには、少しばかり過剰なものを感じさせた。あるいは今まで、グロスハイム自身も自分の感情を意識していなかったのかもしれない。

「エイドリアン、君はトールひとりだけを最後まで守りなさい。君はよく言えばやさしいが、悪く言えば優柔不断だ。この足の悪い年寄りが一緒に行けば、君はわしとトールを両方助けようとして、結局三人とも助からない羽目になってしまうだろう。トールを愛しているのなら、ふたりで生き延びることだけを考えなさい。愛することは戦うことだ。君は愛する者のために、怪物にでも悪魔にでもなりなさい」

「――ッ」

「行きなさい、さあ、早く……わしはこの子と一緒にいる」

意識のないヘイズを抱きしめるグロスハイムを見て、エイドリアンは立ち上がった。

「行こう、トール」

「エイドリアン……！」

「ごめん、この爺さんの言う通りだ。ぼくには君ひとり守るのが精一杯なんだ。ごめん、ごめん、トール――！」

エイドリアンは困惑するトールの顔を見て、ひたすら謝った。おそらく、この誠実な性格の恋人は、母親の自死に自責の念を感じ続けたように、この老人のことをずっと思い煩《わずら》い続けるだろう。それを防ぐためには、エイドリアンがその責めを負うより他はない。エイドリアンが、自分自身の意志で「グロスハイムを置き去りにする」という重い決断を下さなくては、トールがずっと苦しむことになってしまう。ずっとずっと、自分を責め続けることになってしまう――。

エイドリアンのその覚悟が、どうにか伝わったのだろう。トールはこくりと頷き、「わかった――」と呟く。

「――クラウス」

肩の痛みをこらえながら、老人に身を乗り出す。そして、ちゅ――と決して軽くはないキスを。

「何よりの贈り物だよ」

老人は好色そうな笑みを浮かべた。そして告げた。

「神のご加護《グッド・バイ》を――」

エイドリアンはトールの肩を抱いて走った。もう振り返らなかった。すでに無人に近い傾いた船内を、ひたすら外へ、甲板を目指して――。

「父《ダ》さん《ディ》……！」

息を切らし、喘ぎながら、エイドリアンは呟いた。驚いたトールの目が、こちらを見る。

「ダディ、ダディ……！」

それは一度もエイドリアンを顧みたことのない、冷淡な実の父のことではなかった。エイドリアンを、結局は優秀な跡継ぎとしてしか見なかった、厳格な祖父のことでもなかった。叱咤や慈愛や、罪のない揶揄《やゆ》や憎たらしさや、濃厚な情愛をくれた別の男性のことだった。まったくの赤の他人の男のことだった――。

体を接して走るトールの手が、労るように背を撫でる。

「ダディーッ！」

ぎぎぃ……と船体の軋む音に、悲痛な叫びが重なった。


陳腐《ちんぷ》な表現ながら、甲板は地獄絵図だった。「最先端の安全機能」をあてにして、乗客たちの避難船への誘導開始の決断が遅れたために、傾きの増した甲板からの乗り込みが困難になり、多数の乗客が避難できないまま、取り残されていたのだ。

「早く乗せろ！　船が沈んでしまうだろうが！」

「なんでそいつがわしより先に乗船するんだ！　こっちはさっきからずっと待っとるんだぞ。優先せんか！」

「なにを言っているのよ！　こういう時は女性と子供優先なのが決まりでしょう！」

命の危機を悟り、我先にと避難船に乗り込もうとする乗客たちが、互いに殴り合いを始める。それを船員たちが力ずくで制止し、あちこちで血を見るような事態が起きていた。こういう時、何の益《えき》にもならないのにパニックを起こしてしまうのが人間というものだ。

融はエイドリアンに抱きかかえられた状態で甲板の様子を見ながら、この「事故」は海難史上の悪例として記録されるだろうな、と考えた。このままでは死者が間違いなく出る。それでも。

「——それでも、この船は予想以上にがんばっているよ。老嬢なんて言って悪いことをしたな……」

融は呟いた。完全沈没まで二時間と踏んでいたのに、時計を見ればすでに氷山衝突から二時間半が経過している。まるで人の悪意によって犯罪に利用された船が、最後の意地で死者を出すまいと踏ん張っているかのようだ。

コンピューターハックによってGPSも無線LAN機能も失った船は、自身の現在位置を摑めず、救難信号を飛ばすこともできない。ほぼすべての機能を電子機器に依存しつつある現代の船の思わぬ弱点だ。だが、アメリカかカナダの海軍、あるいは沿岸警備隊が、不自然に航路を逸れた船があることに気づいて救助に駆けつけるまでの時間が、少しでも稼げれば——。

「トール、寒い？　寝ちゃ駄目だよ！」

「大丈夫——」

そう答えはしたものの、融は自身の体温の低下を感じていた。銃創だけなら大した怪我ではないが、出血とこの外気温のダブルパンチは、やはりきつい。加えて、ふたりの男によるレイプのダメージも、体の奥で疼いている——。

エイドリアンも、融の様子がおかしいことに気づいたのだろう。顔を覗き込み、ハッと息を吞む。

「トール、ここで少し待っていて。怪我人を優先して乗せてもらえるように頼んでみるから」

プロムナード・デッキの端に座らされ、そう告げられる。離れて行こうとするエイドリアンのスーツジャケットの裾を、融は咄嗟に摑んで止めた。

「トール？」

「――気をつけて。みんな気が立っている。ケンカに巻き込まれて、危害を加えられないようにね」

「ああ、わかってる」

うまくやるよ、とウインクされる。だが融は裾を離すのを躊躇した。こういう時のエイドリアンがあてにならないのは折り紙つきだ。目と鼻の先の距離とはいえ、このパニックのさ中に離れたら、なにが起こるかわからない――。

「心配しないで」

ん、とキスされる。短いが、決して軽くはないキス。思わず目を瞠った融の顔の、息がかかるような至近距離で、緑の目が光った。

「あとで、グロスハイムの爺さんにした分、返してもらうから」

十倍にしてね――と囁く。冗談めかした口調だが、融は笑えなかった。生きて帰れても、ベッドで息の根止められるんじゃないだろうか、と思うような色深い声だったからだ。

たちまち、体温の下がった体に熱が戻る。ぶるっと、寒さでない震えに、体の芯が疼いた。

「エイドリアン――」

融もまた、囁き返す。

「早く君に、抱かれたい……」

心からそう告げる。もう、この身が汚れているだとか、自分は彼に相応しくない、などとは考えない。自分たちを生かすために命を賭けてくれたグロスハイムとヘイズに報《むく》いるためにも、自分を貶《おとし》め、卑下することはできなかった。ただただ、エイドリアン・ローズカッスルが愛しい。この青年が、欲しくてたまらない――。

エイドリアンは一瞬驚き、次に歓喜の表情を輝かせて、再び、今度はもっと濃厚なキスをしてきた。たっぷりと舌を絡め合わせ、唾液を混ぜ合わせて、離れる。

「待ってて！」

立ち上がるその裾を、融は今度は素直に離した。混雑するデッキを、人をかき分け、押しのけて進むその背を見送る。避難船への搭乗口で、「怪我人が――」と喚く声を、融は愛しく聞いた。

「わたしはアトランティック・グリーン社の重役だぞ！」

別の声が、エイドリアンの声を圧して響き渡る。

ミスター・グリーン……！　グロスハイムを射殺しようとして、ヘイズを殺したあの男だ……！

手に血の染みた白布を巻いたその男が、船員を威圧している様を、融は見た。恥知らずなことに、片手に札束を摑んで振り回している。

「貴様ら、この経済不況下で失業したら、次の職など探せんぞ！　それでもいいのか、ええ？」

あまりになりふり構わないその様子に、エイドリアンが絶句している。アトランティック・グリーン社に対する影響度から言えば、ローズカッスル家の御曹司《ごぞうし》である彼のほうが上なのだが、それを口に出すことを躊躇しているのだ。この期に及んで矜持《きょうじ》にこだわるなど、甘い――と言えば甘い態度だ。だが――。

(仕方がない。彼はそういう人なんだ)

誇り高く、人にやさしく、でも少しズレていて、致命的に無能だ。でもそういう短所を含めて、結局は彼——エイドリアン・ローズカッスルという男が出来上がっているのだ。何度も迷惑をかけられて困ったが、今はそう思える——。

「そのままの君が好きだよ——エイドリアン」

呟いた、その時。

「お熱いこった」

突然、血のしたたるような凶悪な声が聞こえ、融は顔を振り上げた。その眼前を、髪一筋の差で、ナイフの白刃《はくじん》がかすめる。

「スターキー！」

原形をとどめないほど顔面を殴打された男——やったのはヘイズだ——が、戦闘用《ファイティング》ナイフを手にデッキに立っている。その様を見た乗客の婦人が、ひぃっと甲高い悲鳴を上げ、融の周辺からザッと人が逃げ去った。

「貴様——！」

融は絶句する。と同時にぞっとする。この男に犯されたのは、まだ二十四時間も前のことではない。その生々しい感覚が、体の中によみがえってきてしまった——。

「死ねや、この野郎！」

ぶうん、と空《くう》を切って、ナイフが振り回される。融は素早く避《よ》ける——が、肩の銃創が痛んで、思わず顔が歪んだ。怪我さえしていなければ——それに周囲に人がいなければ、こんな荒い太刀筋《たちすじ》のナイフ使いなど、怖れるに足りないのだが……。

凍りつく空気の中、融は白い息を吐いて声を張った。

「この期に及んで、まだ僕を抹殺するつもりか――！　もう僕を殺しても、口封じにはならないぞ！」

「へっ、そんなこたぁ俺の知ったことじゃねェや！　俺はただ、組織の上のほうからあんたとエイドリアン坊ちゃんを殺せと命令された、それだけだ！　それだけはなんとしてもやり遂げてやるぜ！」

ナイフが振り上げられて光る。容易に避けられそうだ、と予測した融だが、背後で老婦人の悲鳴が上がり、ハッとする。融が身をかわせば、この老婦人が刺されかねない――！

融はスターキーの腕を受け止めた。ずっきん、と重く肩が疼く。「くうっ」とうなり、力が抜ける。眼前に刃先を突きつけられた姿勢で、融は上半身を手すりの外に押し出された。

その時、カツーン……と音を立てて、重いものが懐から海へ滑り落ちて行った。ウイルスの記録が残ったハードディスクだ。犯罪の証拠が――！　と焦る暇もなく、仰け反り、足が空に浮く。氷の海へ突き落とされる――！　と覚悟したその時。

「トールっ……！」

パーン、と発砲の音。エイドリアンだ。だが例によってまったく当たらない。それでも威嚇《いかく》にはなったらしく、スターキーの力が一瞬ゆるんだ。融には充分な反撃の隙だ。体勢を入れ替え、両手を組んで、がつんと頭に一撃。だが蛇のようにしつこい男は、一瞬膝を突いただけで、またそろりと立ち上がってくる。

（駄目だ――）

融はここで決着をつけることを断念した。周囲に人が多すぎる。巻き添えを出さずにこの男を倒す自信などない。どこか人の少ない場所へ誘導しなくては――。

（ごめん、エイドリアン）

ここでお別れだ、と思いつつ、融は人々を押しのけて走り出す。案の定、スターキーが後を追って来る。それでいい。そのままついて来い――！

デッキの階段を三度上って、融がたどり着いたのは最上階八階のサンデッキだった。古代ローマのコロシアムよろしく、楕円形に手すりで囲われ、障害物がない。まだ点灯している航海灯に、アトランティック・グリーン社のファンネルマークが輝いている。エイドリアンの瞳の色のような、美しいエメラルドグリーンだ。

「呆れた奴だ」

融はずきんと痛む傷に耐えながら、スターキーと対峙し、睨んだ。

「組織の命令を、あくまで遂行する――？　まるで自分でものを考えない猟犬だな。お前たちに、人間の知能はないのか？」

「ふん」

スターキーは鼻を鳴らした。

「あんたやあの坊ちゃんみたいな、お育ちのいい奴にゃわからんだろうな。俺たちの生まれ育った国じゃあな、組織に入り、そのボスに忠誠を尽くすしか、家族を食わせていく手段がねぇんだ。俺やシエリーが任務に失敗すりゃ、故郷《くに》で待ってる親兄弟は飢え死にするしかねぇ。今年九歳になる末の妹は、それこそあんたがしてたみてぇに、誰かれなく男に足を開かなきゃならなくなるだろうよ」

「――！」

「だがあんたとあの坊ちゃんの首を取れば、組織は俺の忠誠だけは認めてくれて、家族の食い扶持《ぶち》だけは保障してくれるかもしれねぇ。いいじゃねぇか。あんたはともかく、あの坊ちゃんは今までぬくぬくと貴族の御曹司として生きて来れたんだ。家が気に入らねェ？　爺様が組織とつるんだことが汚らわしい？　ハッ、贅沢抜かすんじゃねぇよ！　甘やかされたボンボンがよ！」

「エイドリアンを侮辱するな！」

融は即座に怒鳴り返す。甘い同情など瞬時に凌駕《りょうが》する怒りが、全身を熱く満たした。

「彼はな、本当の意味で強い男なんだ！　生後すぐに母親に捨てられ、父親からはずっと冷たい無関心しか与えられず、祖父からは後継者として期待されるばかりの、条件付きの愛情以上のものをもらえず——幾度も幾度も、愛を欲しがる心を踏みにじられて来たんだ！　それなのに彼は、いつも、誰かに愛を与えようとする——誰かの心を労ろうとする！　それがどんなに凄いことか——どんなに素晴らしいことか、わからないのか！」

「なにをっ——！」

ぴゅっ、と鋭い音を立てて、刃が空を切る。融は最小限の動きでかわした。が、ずきん、ずきんと痛みが強くなっていく。融の動いた軌道に沿って、散り敷く花びらのように、流血が模様を描いていく。

(これ以上血が出たら)

融はぼんやりと熱に浮かされた頭で考える。

(先にこっちの体力が尽きるな……)

キスは十倍にして返せよ、と笑ったエイドリアンの顔が浮かぶ。

（十倍どころか百倍にして返してあげたいけど——）

無理かもしれない、と思った瞬間、かくん、と膝が崩れる。

（しまった——！）

咄嗟に、ごろん、とデッキに受け身を取って転がった融は、だが悪いことに、手すりの支柱に肩をぶつけてしまった。ずきん——！と激痛が走り、動きが止まる。

スターキーが刃を振りかぶった。

——駄目だ……！

思った瞬間、パーン……！　と銃声が響く。

スターキーの体が、背後から殴られたように吹っ飛んだ。上半身が手すりの外に乗り出したところを、融はすかさず、その足を払う。

スターキーの体は、音もなく下層のデッキに墜落した。大した高さではないが、受け身を取れずに落ちたことが災いしたのだろう。ぴくりとも動かない。

「あた……」

見れば、サンデッキの端で、エイドリアンが自動拳銃《オートマチック》を手にしたまま硬直している。

「当たっ……た……」

ありえない奇跡でも起こしたかのような、驚愕の表情だ。

融は呆れて、ふっとため息をつく。

——まったく、この構え方でよく当てたものだ。まるっきり棒立ちじゃないか……。

「トール！　トール！」

わっと泣き出しながら、エイドリアンが駆け寄ってくる。

「よかった、今度こそ君を守れた、よかった――！　本当によかった――！」

その腕にぎゅっと抱きしめられる痛みを、融は顔をしかめてこらえた。

――この腕はいつも無力だ。

抱きしめられながら、苦笑する。

――本人の意欲とは裏腹に、人を助けることも、正義を実現することもできない。経済力にせよ武力にせよ、力あることが正義の今の世の中では、あるいは無力であることは悪ですらあるかもしれない。

（でも）

融はエイドリアンの震える肩を抱きしめ返しながら思う。

（この腕は、いつも温かい――）

ぎぃぃ、と船が不気味な軋みを上げた。下のデッキから、つんざくような男女の悲鳴が上がる。亡者たちが、まとめて地獄の釜の中へ叩き込まれるかのような声だ。

融はハッと息を飲む。いよいよ老嬢の体力が尽きたのだ。船そのものが覆《くつがえ》る時が来た――。

「エイドリアン……」

ぎゅっ、と抱きつく。

その時、航海灯がすべて消えた。電気系統が水没によって死んだのだ。ふたりの周囲は、押しかぶさるような暗闇に包まれる。

だが、温かい、温かい――。

融は自分の意識が、暗闇へ滑り落ちていくのを感じた。エイドリアンが、「トール？　……トール！」と呼ぶ声が、どんどん遠くなる。

脳裏によみがえるのは、古い――古い昔の、自分の声だ。

『――覚悟、したよ……エイドリアン。僕は――僕はいつか、君への愛と共に死ぬ……』

――ああ、あの誓いだけは守れそうだよ、エイドリアン……僕は最後まで、君を愛し愛されたまま、死の国へ行けるんだ――。

愛してる……と。

最後にきちんと呟けたかどうかも、融にはもうわからない。

「トール――ッ！」

エイドリアンの絶叫に、遠くから響く、ヘリコプターの羽音が重なった――。


――三時間後。

アメリカ沿岸警備隊の船が現場に到着した時、すでにアトランティック・ディアーナの船体は、ほぼ海面下に没していた。

救助されたのは、乗客乗員一五〇〇名のうち、運よく避難船に乗り込めた六百名あまり。そして、最後まで水没しなかった最上階デッキ付近にいた、わずか数名のみだった――。

おめでとう、おめでとうの声。飛び立つ鳩。手渡される花々。降り注ぐ夏の日差し。

古い市庁舎の、木製の扉が開いて現れたのは、誓いを交わしたばかりの複数のカップルだ。だが参列者や見物人たちの祝福を浴びる彼ら――彼女らは、そのほとんどが同性のパートナーと腕を組んでいる。

同性結婚制度がスタートすると同時に、N.Y.市には世界中から婚姻希望者が殺到するようになり、市庁舎の近隣は、近ごろ「毎日が大安吉日」状態だ。婚姻手続の後に披露宴《ひろうえん》を控えているか否かによって、服装はそれぞれに普段着からドレス、タキシードまでまちまちだが、大方のカップルはお揃いの服を身に着けており、ブーケを手にしたその姿からは、幸福感にあふれるオーラが伝わってくる。明るくハッピーなニュースを欲しがって、マスコミが玄関前に「新婚さん」の映像を撮りに来ることも珍しくない。

白い優美な掌に包まれる、象牙色の、小柄ながらしっかりとした手。

その薬指に輝く、真新しいリング。

白いテールコート姿のエイドリアンと、手を繋いで出てきた同じ服装の融は、祝福する群衆の中に見知った顔を見つけて驚いた。

「ミスター・マーレイ!」

目を丸くした融に、N.Y.最大の船舶保険会社の重役は小走りに駆け寄り、「おめでとう」と花束を差し出してくる。高級フラワーブティックで誂えたと思《おぼ》しい、豪華な品だ。

「水臭いじゃないか。結婚するならひと言くらい知らせてくれてもいいだろうに」

「え、あ、いや、えーと……」

このエグゼクティブとそれほど親しいつもりはなかった融は戸惑い、焦った。心なしかエイドリアンが、手を握る力を強めたような気がする。

「ど、どこでお知りになったのですか？」

隣で光る緑の目の気配を感じながら、へどもど質問すると、マーレイは片目をつぶる。

「世間の噂だよ。保険業界じゃちょっとした話題になっている。『あのトール・マツユキに旦那《パートナー》ができたらしいぞ』ってね」

「……ッ」

融は花束を手にしたまま、変な汗が垂れて困った。「枕探偵」と悪名高かった自分に、決まった相手ができたとなれば、それは「いったいどんな奴だ」と噂にもなるだろう。今頃はあちこちの会社のロビーやオフィスで、自分に関する噂が囁かれているに違いない。

その光景を想像し、いたたまれない気分で首を縮めていると、不意にマーレイにぎゅっと抱きしめられた。「幸せにね」と短く祝福され、ぱっと離される。そしてマーレイは、隣に立つエイドリアンに目を移し、握手を求めながら「この子をよろしくお願いします」と告げるなり、あっさりと去って行った。

――なんなんだ？

融はきょとんとするばかりだ。この子をよろしく、って、まるで花嫁の父の挨拶じゃないか。あの人は僕をそんな気持ちで見ていたのか――？

戸惑っている融の手を、エイドリアンが「行こうか」と引く。その時群衆の人垣の向こうに、一台のパトカーが停《と》まった。なんだ？　と注目する視線を浴びて、スーツ姿で降り立った男は、これまた小さ目の花束を手にしていた。「失礼」と人垣をかき分けたその男は、融に近づいて来る。

「あんた――」

融はまた驚きに目を瞠る。そんな融に対し、男はぶっきらぼうに「おめでとう」と告げ、花束を差し出す――いや、「突き出す」と言ったほうが正しい手つきだ。ラッピングもアレンジもなく、セロファンで包まれただけのそれは、明らかにチャイナタウンあたりの屋台花屋のものだが、それでもわざわざ買ってきてくれたのだ。融は茫然としつつ、「ありがとう」とそれを受け取る。その後男は、なぜかエイドリアンと決闘寸前のようなガンを飛ばし合い、挨拶もせずにくるっと肩を翻した。

「――誰？」

男がパトカーに乗り込んで去って行った後、エイドリアンが低い声で尋ねてくる。

「何度か捜査で一緒になったＦＢＩの捜査員」

答えて、首を傾げる。

「ホントにみんな、どこで聞いて来るんだろう――？」

そう呟いた瞬間、エイドリアンにぐいっと手を引かれた。「ちょ、なんだよ！」と抗議しつつ引きずられて走る。一区画分走らされ、大通りに出た時、エイドリアンは手を上げて「タクシー！」と叫んだ。ほどなく停車したイエローキャブに、花束ごと押し込まれる。

「ちょ、エイドリアン！」

急発進したタクシーの中、花にまみれたような格好で、融は喚いた。

「なにすんだよ！　クラウスとミスター・ヘイズの墓参りは！」

「後日！」

ぴしゃりとひと言で却下してくれた王子様――いやもう暴君だ――は、正面を向いたまま、爛々《らんらん》と緑の目を光らせている。

……うわ、まずいかも……。

嫉妬に火がついた時の恋人《パートナー》の凄さを思い出して、融は背筋が震える思いを味わった。


案の定、融がシャワーを浴びて出て来ると、先にバスローブ姿になっていたエイドリアンは、ベッドサイドの小机に、大量のジェルやムースのチューブを並べ、さらに箱から出した避妊具の包みを、ポーカートランプのように規則正しく並べていた。ひと箱分一ダースをずらっと並べ、「足りるかな……」と大真面目に呟くのを聞いた瞬間、融はその場に手を突いてがっくりと項垂れたくなる。

――こいつやる気だ。犯《や》る気じゃなくて殺《や》る気だ……。

生きて明日の朝の太陽を拝めるだろうか、と融は本気で心配する。

なにしろエイドリアンには、自分が絶倫だという自覚がない。「今夜は三回まで！」と言い渡せばちゃんと聞き入れてくれるが、普段我慢させているのが哀れで、つい「結婚初夜はしたいだけしていいよ」と言ってしまったのが運の尽きだ。

そして融が約束を守ってくれることを疑いもしない純真なエイドリアンは、きっと天然に、ナチュラルに、普通に――たっぷりと時間をかけて、三日間は起き上がれない体にしてくれるに違いない。

新婚旅行を計画せず、シティホテルに中期滞在することにしておいて、本当によかった――。

「どうしたのさ、早くこっちへおいでよ」

満面の笑みで手招きされたベッドには、「新婚様向け」オプションサービスで、真紅のバラの花びらが撒き散らされている。ロマンチックこの上ないが、融にとっては天国直行の薬物処刑台だ。抱き上げられてそろりと横たえられ、ああ神様、と祈りながら、カタカタと震える。

「どうしたの——？　こんなに震えて……」

「いやその……できるだけやさしくして欲しいなぁ——と」

「もちろんやさしくするよ」

ハンサムな顔がにっこり笑う。

「今夜は君に、他の誰でもない、ぼくと結婚してよかったと思ってもらわなくちゃいけないからね」

がんばるよー、と告げられて、がんばらなくていい！　と喚きたくなったのを、融は寸前で自制する。

——まあ、いいか。自分が覚悟して、腹を括ればいいだけだ。何と言っても今夜は結婚初夜なのだから……。

覆いかぶさってくるエイドリアンの熱と重みを、融はキスを交わしながら受け入れた。「愛してる——」と囁きながら。


——あの後。

海難としては、二十一世紀に入って以来最大級の、千名近い死者行方不明者を出したアトランティック・ディアーナ号の沈没は、船体が引き揚げ不能な深海に沈んだこともあって、二年経った今も、いまだに「事故」「事件」の刑事的な決着はついていなかった。「コンピューター・ウイルスの感染によって自沈を図った」ということを立証できる物的証拠が、深海に沈んだ当のディアーナ号自身を含め、結局何ひとつ残らなかったからだ。

——グロスハイムとヘイズの遺体も、とうとう発見されなかった。船と共に氷の海に沈んでいるのか、それとも、海流によって遠くへ流されたか、それすらもわからない。N．Y．郊外の墓地に築かれた墓の中は、今も空のままだ。

おそらくこの先、自沈詐欺の立証は、深海に沈んだ船を引き揚げる技術が開発されるか、転売されたと思しい本物のディアーナ号が発見されない限りは、現実的には難しいだろう。とはいえ、融が提出した報告書の内容は、大手船舶保険会社の間ではほぼ真実と見なされており、ローズカッスル家は船主としての信用と格付けを、大幅に下落させた。

件《くだん》の南米系麻薬組織の手先は、事態を重く見たＩＣＰＯ《インターポール》とＭＩ５《イギリス保安局》の介入によって駆逐《くちく》されたものの、その過程でヘーゼルウッド公爵は病の床に就き、傾いた財閥の運営は、現在その息子であるエイドリアンの父に委ねられている。破産はまぬがれたとしても、同性の恋人と駆け落ちした（ということになっているらしい）エイドリアンに相続の順番が回ってくる頃には、かなりの経営縮小がなされているに違いない——というのが、大方の見解だ。

「……何だかあんまりスッキリしない結末だけど、まあ君のお母さんの仇は討てたんじゃないかな」

言外《げんがい》に、できればこれくらいで許してあげてくれないかな——という気持ちを滲《にじ》ませたエイドリアンの言葉に、融は苦笑しつつ「そうだね」と頷いた。他でもない、大切な助手兼恋人——まあ、実際はほぼ「ヒモ」なのだが——の懇願だ。聞き入れないわけにはいかない。元々、成し遂げたところで母が生き返るわけでもない復讐には、とうに関心を失っていたのだ。

ふたりはその日、数度目の事故調査委員会を傍聴した帰りに、初夏の日差しを浴びながら、屋台式カフェでコーヒーを飲んでいた。セントラルパークの木々が梢を伸ばして木陰を作るそこは、ふたりのつましいN.Y.暮らしの中でも、特にお気に入りの場所だ。

「じゃあ……結婚してくれる？」

言ったのは、融のほうからだった。エイドリアンは驚いてコーヒーに咽せ、一分以上咳き込んだ後、「ど、どうして？」と問い返してくる。

驚くのは無理もない。「許してあげてくれ」と「結婚してくれ」の間が、どういう発想の飛躍で「じゃあ」で繋がるのかは、説明しなければ理解できないだろう。融はフロートのストローをくわえながら、遠い目をして答えた。

「審議開始以来何度も、委員会の下らないやりとりを聞いているうちに、思ったんだ――考えてみれば、苦労してローズカッスル家を破滅させるよりも、唯一の嫡子《ちゃくし》の君を奪い取ってやるほうが、手っ取り早くてしかもダメージの大きい復讐になるよな……って」

どうしてこんな簡単なことに気づかなかったんだろう――と、今さらながらに悔やむ気持ちが湧き上がる。つくづくと、母の自死への自責の念に憑《と》りつかれていた頃の自分は、盲目だったのだ。そんな益体《やくたい》もないもののために、自分を傷つけている暇があったら、さっさと望むものを手に入れて、幸せになるべきだった。きっとクラウス――故グロスハイム氏ならば、そう言っただろう。そうと気づくまでに、ひどく時間を無駄にしてしまった――。

「十年以上も遠回りしてやっとだけど――」

融は丸いテーブルの上のエイドリアンの手を取った。

「ロード・アップルトン。心からあなたを愛してます。あなたのこれからの人生を、全部僕に下さい。──その代わり、僕のすべてをあなたに捧げます。結婚してくれたら、もうあなた以外とは絶対にセックスしません。枕探偵も二度としません。誓います──」

融の厳《おごそ》かな宣誓《せんせい》を聞いて、エイドリアンは泣き出した。それはもう、涙も鼻水もずるずるの泣きっぷりで、融は通行人に奇異の目を向けられ、ずいぶん恥ずかしい思いをしたのだった。


最先端のデザインの粋《すい》を凝らしたホテルの部屋は、どこまでもクールな印象だったが、新婚のふたりはひたすら熱く、本能のままに獣のように、野生の情欲を貪り合った。

ぐいっとひねるように押し込まれて、融は「あうっ」と喉を反らす。ずるっと引きずり出され、「あぁ……」と哀しげに鳴く。再び深く入れられ、細かく揺さぶられると、あまりの快感に息が止まりそうになった。

(ど、どうしよう……もう飛びそう……飛んじゃいそう……)

どうしてだろう。特に凄いテクニックを使うわけでもないのに、エイドリアンとのセックスはいつも、脊髄《せきずい》が痺れっぱなしになるほどいい。耳に口づけられながら、「愛してる……」などと囁かれればもう、脳まで蕩けて廃人になってしまいそうだ。

「エイドリアン、エイドリアンッ……!」

やさしく、深くえぐられる感覚に、腰を振って悶える。声を上げてすすり泣く。ひたすらうわごとのように名を呼び続け、「うん、なに？」と問いかけられても、なにを言っていいのかわからず、口ごもり、また「エイドリアン……」と繰り返すことしかできない。

「なに？　痛い？　姿勢、変えてみようか？」

「……ちが……」

融は言葉で伝えられないもどかしさに泣いた。違うんだ。今のこの姿勢で充分に感じているし、そもそもセックスの話をしたいのでもない。伝えたいのは、そんなことじゃなくて――。

「エイドリアン……」

「うん」

「僕は――ずっと……っ……ずっと昔から……っ」

融は遠い昔を回想する。パブリック・スクールに入学した年の晩夏。一本背負いで投げ飛ばされながら、なおも「君を気に入った」とばかり、輝くような笑顔で隣にいてくれようとした、はちみつ色の髪の少年を。

（あの時から――君に焦がれていたよ……）

なんて純粋無垢で、高貴《ノーブル》な人だろう、と思った瞬間から。

彼への愛は、一度も失われたことがなかった。お人よしさにたびたび呆れ、裏切られて捨てられたのではないかと疑い、母を死なせた敵側の人間だと憎もうとし、もはや遠い世界の人だとあきらめの境地に至りもしたが、その水底で、一度も息絶えず生き続けた。

愛は、幸せとイコールではない。人を愛したがために、生涯妄執や苦しみを抱える者もいる。融もまた、そうなりかけた。愛した人を、自分を、生涯憎悪するところだった。だがそうはならなかった。

エイドリアンは、再び融を愛してくれた。融のために泣いてくれた。その愚かなほどの真っ直ぐさが、融を自責の地獄から奇跡のように救い上げた。長い時を経て、融は再び、自分は幸せになってもいいのだと――人を愛してもいいのだと思えるようになった。自分を許すことができた。あの女神の名を持つ愛の船で。

どれほど長く君を愛してきたか。どれほど今、君を愛しているか。どれほど君に――救われてきたか。

（その何もかもを、ひとつ残らず君に伝えたい、エイドリアン――）

だがそのためには、まだまだこれから、何年、否、何十年もの時間を費やさなくてはならないだろう。今はただ、こうして、体のぬくもりと、わずかな睦言《むつごと》を伝えるだけが精一杯だ。

「ずっと――君が好きだった……。僕の君……My darling《マイ・ダーリン》……！」

ひゅっ、とエイドリアンが、息を詰める音が聞こえる。

次の瞬間、融は息も止まるほどの激しさで愛された。エイドリアンの腹との間に挟まれた性器が、容赦なくこね回される。たちまち薄いゴム膜の内側に、ぷつりと白い花が咲き、見る間に咲き乱れ、美しく散った。

「……ッ、トール……！」

「あ……ッ……！」

同時に、内側深くを男の熱に撃たれ、融は波間に砕け散るように痙攣し、深い無音の海の底へと沈み果てる。

聞こえるのは――波のようにたゆたう、互いの愛しい鼓動だけ。

「あいし……てる……」

恋人の腕に抱かれたそこは、ようやくたどり着いた、最後の楽園だった。

あとがき

BL《ボーイズラブ》をこよなく愛する素晴らしき大和撫子の皆さま（もしかすると日本男子の皆さまも）、ごきげんよう。新書書き下ろし三作目にして初の現代もので御目文字賜ります、高《たか》原《はら》いちかです。今回は何とか九〇〇人くらいしか殺さずに済みました（笑）。

さて今作「英国貴族は船上で愛に跪く」は、BLジャンルとしては「再会もの」。シチュエーションとしては「海洋サスペンス」というところでしょうか。くわえて「英国貴族＋全寮制男子校＋セレブな豪華客船＋腕利きの調査員《オブ》＋ドレスで女装して舞踏会」ときては、なんだか「麺大盛り背アブラ大目でBLの具全部乗せ！」って感じですね。

それにしても、毎度題名が地味なことでは定評のある（笑）高原にしてはキラキラしい本作タイトルは、「『英国貴族』はBLファンの萌えココロをかき立てる重要ワードですから、是非入れましょう！」という編集サイドのご助言もあって決定したのですが……肝心の英国貴族があの体たらくでは、ぶっちゃけ「題名詐欺」ですよねぇ（笑）。

それでも、生みの親にとっては文字通り「馬鹿な子ほど可愛い」を地で行くエイドリアンなんですが、「愛に跪く」というよりは「尻に敷かれる」姿に、高峰《たかみね》先生の筆になる表紙の、カッコイイ金髪碧眼の王子様の活躍を期待して手に取っていただいた読者さまから、「金返せー！」とお叱りを受けないか心配でなりません。

実は「貴族のお坊ちゃんなヘタレ攻め×辛酸舐め子なビッチ受け」というプランは、すでにプロットの時点で明記してあったのですが、いざ書き進めてみれば、なんていうかこう……攻めのあまりのヘタレっぷりに、ぶん殴りたくなる衝動を必死にこらえる受け（でも結局惚れている）、という、予想以上に夫婦漫才《めおとまんざい》なカップルになってしまいました。もっとも、某女性大物漫才師によると、「ボケとツッコミが成立するのは愛あらばこそ」だそうですけどね。今回、ふたりのやりとりを書きながら、つくづくと大阪人の血の濃い自分を思い知った次第です。


さて、以下はずいぶん長いスネークの足になりますが、いくつか本編がらみのことを解説しておこうと思います。

聡明な皆さまの中には気づかれた方もいらっしゃるかもしれませんが、サスペンスとしての本作は、かの「客船タイタニック号沈没事故」に想を得ています。タイタニック、という単語で反射的にセリーヌ・ディオンの歌声が空耳に聞こえた方も多いでしょうが、本作のモトネタは一九九七年公開の映画のほうではなく、事故以来一世紀ずっと囁かれ続けてきた「タイタニック自沈説」から取っています。

本作のネタバレにもなるので詳細な説明は避けますが、これは文字通り「タイタニックはわざと沈められたのではないか?」という疑惑です。しかし皆さまに間違った知識を植え付けないために申し添えておきますと、これは一種の「トンデモ説」で、様々な科学的研究や証言の検証の結果、現在では否定されています。ただその(自沈に用いられたとされる)トリックが面白かったので、本作で換骨奪胎させていただきました。詳しくお知りになりたい方は、ネット検索なさってみて下さい。「アポロ十一号月面着陸偽装説」あたりと並んで、陰謀説としては有名な類《たぐい》ですので、すぐにヒットすると思います。

そしてタイタニック号がらみでもうひとつ。クラウス・グロスハイム氏。この人は実在の乗客だった「ベンジャミン・グッゲンハイム氏」をモデルにしています。年齢・容姿などは高原の創作したフィクションですが、「アメリカの富豪の御曹司に生まれながら、商才に欠け、家業を放り出して世界中遊び歩いていた放蕩者」という経歴は、ほぼそのままです。とてもオシャレな人だったらしく、事故が起こった際、船員から救命胴衣の着用を勧められたのに、「紳士たる者がそんなダサいものを着て死ねるか!(意訳)」と断り、正装の夜会服を着て、好きな葉巻とブランデーをくゆらせながら、タイタニック号と共に沈んで行ったとか……。悲劇ではありますが、「粋《いき》」とはこういうことですよね。なお彼に殉じるかのように、共に船に残って亡くなった従者も実在しました。そしてふたりとも、遺体はついに揚がりませんでした。気高く生きた一世紀前の紳士たちのために、合掌。

あとがき

末文ながら、お世話になった方々に御礼申し上げます。

まずはケッタイなお話ばかり考えつく高原に、いつもつきあって下さる担当K女史。

そして今回初めて組ませていただきました、絵師の高峰顕《あきら》先生。神秘的で底知れないまなざしの融と、見るからに育ちのいい素直そうなエイドリアンを、どうもありがとうございます。イラストで「顔」ができあがると、「わたしはこんないい男どものことを書いていたのか――」と、いたく感動いたします。

それから本作執筆中、ぎっくり腰とぎっくり首（？）と偏頭痛の波状攻撃に悩まされた高原の面倒を見て下さった、K整骨院の先生ご一家。いつも励ましてくれる同僚の皆さん。両親と弟一家。ファンレターやコメントを下さった読者のみなさんへ、愛と感謝を込めて。

高原いちか拝

平成二十五年五月末日

LYNX ROMANCE

旗《はた》と翼《つばさ》

高原いちか

illust. 御園えりい

898円
（本体価格855円）

幼き頃より皇太子・獅心に仕えてきた玲紀は、獅心から絶大な信頼と愛情を受けていた。だが成長した獅心がある事情から廃嫡の憂き目に遭い、玲紀は己の一族を守るため、別の皇子に仕えることになる。そして数年後、新たな皇太子の立太式の日、王宮はかつての主君・獅心率いる謀反軍に襲われてしまう。「俺からお前を奪った奴は許さない」と皇太子を殺す獅心を見て、己に向けられた執着の深さに恐れさえ抱く玲紀だが…。

LYNX ROMANCE

花《はな》と夜叉《やしゃ》

高原いちか

illust. 御園えりい

898円
（本体価格855円）

辺境の貧しい農村に生まれた李三は、苦労の末に出世し、王都守備隊に栄転となるが、そこで読み書きもできない田舎者と蔑まれる。悔しさに歯噛みする李三をかばったのは十三歳の公子・智慧だった。気高く美しい皇子に一目ぼれした李三は、彼を生涯にわたって守る「夜叉神将」となるべく努力を続け、十年後晴れてその任につく。だがそんな矢先、先王殺しの疑いをかけられ幽閉されることになってしまった智慧に李三は…。

LYNX ROMANCE

奪還《だっかん》の代償《だいしょう》～約束の絆～

六青みつみ

illust. 葛西リカコ

898円
（本体価格855円）

故郷の森の中で聖獣の繭卵を拾った軍人のリグトゥールは、繭卵を慈しみ大切にしていた。しかし繭卵が窃盗集団に奪われてしまう。繭卵の呼び声を頼りに行方を追い続けるも、孵化したために声が聞こえなくなる。それでも、執念で探し続けるリグトゥールは、ある任務中に立ち寄った街で主に虐げられている黄位の聖獣・カイエと出会う。同情し、世話をやいているうちに彼が盗まれた繭卵の聖獣だと確信するが…。

LYNX ROMANCEx

極道《ごくどう》ハニー

名倉和希

illust. 基井颯乃

898円
（本体価格855円）

父親が会長を務める月伸会の傍系・熊坂組を引き継いだ猛。可愛らしく育ってしまった猛は、幼い頃、熊坂家に引き取られた兄のような存在の里見に恋心を抱いていた。組員たちから世話を焼かれ、里見にシノギを融通してもらってなんとか組を回していた猛。しかしある日、新入りの組員が突然姿を消してしまった。必死に探す猛の元に、消息を調べたという里見がやって来て「知りたければ、自分の言うことを聞け」と告げてきて…。

LYNX ROMANCE

アメジストの甘《あま》い誘惑《ゆうわく》

宮本れん　illust. Ciel

898円
（本体価格855円）

大学生の暁は、ふとした偶然で親善大使として来日していたヴァルニーニ王国の第二王子・レオナルドと出会う。華やかで気品あるレオに圧倒されつつも、気さくな人柄に触れ、彼のことをもっと知りたいと思いはじめる暁。一方レオナルドも、身分を知っても変わらず接してくれる素直な暁を愛おしく思うようになる。次第に惹かれあっていくものの、立場の違いから想いを打ち明け合うことが出来ずにいた二人は…。

LYNX ROMANCE

月蝶《げっちょう》の住《す》まう楽園《らくえん》

朝霞月子　illust. 古澤エノ

898円
（本体価格855円）

ハーニャは、素直な性格を生かし、赴任先のリュリュージュ島で仕事に追われながらも充実した日々を送っていた。ある日配達に赴いた貴族の別荘で、無愛想な庭師・ジョージィと出会うハーニャ。冷たくあしらわれるが、何度も配達に訪れるうち時折覗く優しさに気付き、次第にジョージィを意識するようになる。そんな中、配達途中の大雨でずぶ濡れになったハーニャは熱を出し、ジョージィの前で倒れてしまい…。

LYNX ROMANCE

ブラザー×セクスアリス

篠崎一夜　illust. 香坂透

898円
（本体価格855円）

全寮制の男子校に通う真面目な高校生・仁科吉祥は、弟の関係に悩んでいた。狂犬と評され、吉祥以外の人間に関心を示さない彌勒と、兄弟でありながら肉体関係を結んでしまったのだ。弟の体しか知らず、何も分からないまま淫らな行為をされることに戸惑う吉祥は、性的無知を彌勒に揶揄われ、兄としての自尊心を傷つけられる。弟にされるやり方が本当に正しい性交方法なのか、DVDを参考にしようと試みる吉祥だが…。

LYNX ROMANCE

銀《ぎん》の雫《しずく》の降《ふ》る都《みやこ》

かわい有美子　illust. 葛西リカコ

898円
（本体価格855円）

レーモスよりエイドレア辺境地に赴任しているカレル。三十歳前後の見た目に反し、実年齢は百歳を超えるカレルだが、レーモス人が四、五百年は生きる中、病気のため治療を受け続けながら残り少ない余命を淡々と過ごしていた。そんなある日、内陸部の市場で剣闘士として売られていた少年を気まぐれで買い取る。ユーリスと名前を与え、教育や作法を躾けるが、次第に成長し、全身で自分を求めてくる彼に対し徐々に愛情が芽生え…。

この本を読んでの
ご意見・ご感想を
お寄せ下さい。

〒151-0051
東京都渋谷区千駄ヶ谷4-9-7
(株)幻冬舎コミックス　リンクス編集部
「高原《たかはら》いちか先生」係／「高峰《たかみね》 顕《あきら》先生」係

リンクス ロマンス

英国貴族は船上で愛に跪《ひざまず》く

2013年5月31日　第1刷発行

著者……………高原《たかはら》いちか
発行人…………伊藤嘉彦
発行元…………株式会社　幻冬舎コミックス
〒151-0051　東京都渋谷区千駄ヶ谷4-9-7
TEL 03-5411-6431（編集）
発売元…………株式会社　幻冬舎
〒151-0051　東京都渋谷区千駄ヶ谷4-9-7
TEL 03-5411-6222（営業）
振替00120-8-767643
印刷・製本所…共同印刷株式会社
検印廃止

ISBN978-4-344-82842-1 C0293
Printed in Japan

幻冬舎コミックスホームページ　http://www.gentosha-comics.net